François-Alexandre Bergeron

Septimania

nouvelles

Éditions Dédicaces

François-Alexandre
Bergeron

Septimania

Une semaine ce sont sept jours, 168 heures, 10 080 minutes ou encore 604 800 secondes.

Connaissez-vous vraiment la vie de ceux qui vous entourent? La vie ressemble à un long fleuve tranquille, tel le titre du film de Chatiliez, les jours passent et se ressemblent, les petits changements étant trop minimes pensons-nous, cependant, il y a des rapides qu'on emprunte parfois qui changent radicalement le cours de notre histoire et ce, pour toujours. Chaque histoire vaut la peine d'être racontée…..

Septimania, ce sont sept nouvelles qui explorent les dédales de l'existence humaine. C'est aussi une réflexion sur notre relation avec le temps qui passe, l'illusion de notre contrôle sur ce dernier qui nous rattrape inéluctablement. C'est une épopée dans le sublime et l'horreur du quotidien des mortels ordinaires, qui vivent des moments extraordinaires. Ce sont des gens comme vous et moi, des gens dont la vie ne sera jamais plus la même… après une simple journée semblable à tellement d'autres…..

Lundi ou Cassandre

Le réveil sonna à plusieurs reprises avant que l'adolescente ne se décide à l'arrêter. Il était déjà sept heures et quart, il fallait se lever. Cassandre finit par ouvrir les yeux, les gratta lentement et souleva péniblement sa couverture. Encore toute endormie, elle se leva et se dirigea vers sa salle de bain. La torpeur étant trop forte, elle se cogna le petit orteil sur le coin d'une table de nuit et ne put empêcher de légères grossièretés de sortir de sa bouche. La douleur finit par se calmer. Elle agrippa quelques vêtements qui traînaient sur la chaise de son bureau. C'était un t-shirt noir à l'effigie de son école (obligatoire) et un jeans serti de paillettes brodées à la taille. Elle les enfila et entra finalement dans sa salle de bain. Elle tomba nez à nez avec sa tête du matin et ne put s'empêcher de penser qu'il y avait du boulot. Elle releva ses longs cheveux noirs qu'elle attacha avec une pince et ouvrit le robinet. Elle se lava soigneusement le visage et y appliqua une crème de jour. Elle débutait toujours sa routine matinale ainsi. Elle poursuivit avec le maquillage après avoir désincrusté toutes les saletés que son visage pouvait abriter. Cassandre était de ce genre de jeune fille qui aimait se pomponner. Elle appliqua un fond de teint discret, suivi par un rouge à lèvre cerise et s'affaira aux yeux, le plus fastidieux. Elle commença par un phare à paupière bleuté, qu'elle mit en valeur par une ligne blanche tout près des cils. Le tout fut couronné par un mascara qui lui étira gracieusement ces derniers. Elle dénoua ses cheveux, laissa tomber deux franges sur ses joues, les peigna doucement en les lissant avec une laque. Non, ça ne lui convenait pas, elle releva les cheveux du haut pour les attacher en chignon à la Amy Whinehouse, et prit bien soin de garder les cheveux du bas détachés. Elle était fin prête, elle vérifia ses faux-ongles vernis à la française et fut satisfaite. Oups! Un détail, elle alla chercher ses immenses boucles d'oreilles en anneaux et les mit. Là, elle était prête à affronter une nouvelle journée!! Zut! Il était déjà huit moins dix! Elle se précipita à l'extérieur de sa chambre, dévala les escaliers du petit duplex et arriva dans la cuisine. Ses parents déjeunaient. Voyant que Cassandre mettait ses bottes à talons hauts couleur crème et s'apprêtait à partir sans manger, sa mère la regarda, à la course et lui demanda.

— Tu ne manges pas quelque chose? Dit-elle, inquiète

L'adolescente regarda à peine sa mère en lui disant.

— Bon, je prends un muffin…,

Elle prit rapidement un muffin sur la table, enfila sa veste grise argent cousu de faux-poil sur le capuchon, son sac à dos et quitta à la hâte en lançant un simple salut. À l'extérieur, le froid de novembre la serra tout de suite dans ses bras. À chacune de ses respirations, la buée qui sortait de ses poumons trahissait l'hiver qui venait, bien que quelques jours doux se produisaient encore. Elle mit son IPOD à plein régime et commença à se diriger vers son école. Cavelier-de-Lasalle était à quelques pas seulement de sa maison. Lorsqu'elle tourna le coin de la rue, elle regarda furtivement en arrière d'elle pour voir si ses parents pouvaient encore la voir. Satisfaite, elle sortit un paquet de cigarettes de sa veste (qu'elle avait demandé à un ami plus âgé d'acheter pour elle), extirpa un bâtonnet de tabac et l'alluma. Elle marcha une bonne dizaine de mètres avant d'arriver face au monstre. Plus elle avançait et plus l'édifice de briques brunes grandissait. Cette école était une des plus grandes de Montréal et accueillait pas moins de 1500 élèves. Tels des troupeaux de gnous s'engouffrant dans un fleuve, les élèves formaient de longues files pour y entrer. Une chose à savoir, c'est que cet établissement n'inspirait rien de bienveillant pour les élèves. Il était austère, long, et ressemblait plus à une prison qu'à une école. Les immenses portes, brunes elles aussi, étaient habitées aux coins par des colonies impressionnantes d'araignées qui formaient de gigantesques nuages au-dessus des élèves qui passaient. Les drapeaux provinciaux et fédéraux y volaient, mais tous déchirés et abîmés par les aléas de la température. Cassandre rejoignit la troupe et entra dans le monstre. À l'intérieur, les immenses rangées de casiers vert métallique s'étiraient. La jeune fille alla rejoindre le sien où se trouvaient deux camarades de classe, presque vêtues de la même manière qu'elle. Cassandre les salua à peine car elles papotaient de garçons. La seconde cloche retentit, signe que les cours allaient commencer. La jeune fille se dépêcha de ranger ses vêtements d'hiver, prit ses livres de math et de sciences et quitta à la hâte. Elle n'avait nullement envie de se retrouver en retenue ou d'attendre tout un cours à la cafétéria que le prochain commence. Les adolescents sont contradictoires dans le sens qu'ils n'apprécient guère l'école, mais qu'ils ne veulent pas en être exclus. Cassandre se dirigea vers les escaliers, déjà bondés, en faisant claquer les talons de ses bottes. Elle avait une grâce féminine naturelle qui ne s'apprenait pas et attirait l'attention sur son passage. Ce fut en arrivant dans l'escalier que la faim se fit sentir. Elle n'avait toujours rien mangé. Le muffin était dans son casier, elle passa en vitesse à la fontaine pour boire quelques gorgées d'eau et se précipita vers sa classe de math. Elle eut à peine le temps d'arriver que la dernière cloche sonna. Elle alla s'asseoir à son pupitre, dûment attitré, tandis que quelques malchanceux s'obstinaient avec monsieur Tremblay, le prof de math. L'homme, d'une trentaine d'années, semblait nerveux mais tint bon aux assauts répétés des deux garçons et les envoya à la cafétéria. Cassandre se remercia d'être arrivée à temps. Le prof finit par fermer la porte et prit les présences, tout en prenant soin d'écrire sur le petit billet que les deux garçons n'étaient pas absents, mais bien à la cafétéria pour cause de retards. Il commença son cours dans une classe encore assoupie. La jeune fille fit son travail tout en baillant. Elle ouvrit nonchalamment ses livres et griffonna des petits dessins sur les coins des pages. De temps en temps, elle essayait bien de travailler, mais les mathématiques étaient une matière qui la dépassait et l'ennuyait au plus haut point. L'horloge n'avançait pas assez vite et la torture se poursuivait. Lorsque le professeur passait dans les rangées pour s'assurer que tous travaillaient bien, elle se mettait au boulot. Par contre, dès qu'il était passé, elle retournait à ses rêveries et à ses petites œuvres. Son amie Blanca, assise un peu en retrait, lui lança un petit papier. Cassandre le vit tomber à côté de son bureau, elle fit semblant de laisser tomber son crayon pour pouvoir le ramasser en paix. Il y a de ses choses avec les profs des fois, c'est qu'ils aiment bien lire ces petits mots devant tout le monde. La honte!!! Cassandre étira le bras, prit soin de prendre le petit bout de papier et son crayon. Elle le déplia, doucement pour ne pas attirer l'attention, et le lut. Le mot disait ceci.

Tas kekun pour le bal d'hiver? Moi, Luc ma inviter.

Cassandre ne put s'empêcher d'être jalouse de son amie. Personne ne l'avait invitée encore et elle n'aimait pas l'idée de devoir inviter un garçon elle-même. Elle se retourna vers son amie et lui fit signe de la tête que non. Blanca eut un regard désolé pour son amie, ce qui n'aida rien. La pitié est un sentiment désagréable à recevoir….L'heure, qui paraissait interminable, fit tout de même son tour sur l'horloge. Le prof donna un devoir à la hâte avant que la cloche ne sonne. Cette dernière se fit entendre et tous furent soulagés. Cassandre se leva et voulut éviter Blanca mais ne réussit pas. La fille commença à lui parler de Luc, de sa robe, de sa coiffure, les bijoux et tout le bataclan. Cassandre ne disait mot, attristée de ne pas avoir de cavalier. Ce fut là que la faim se fit à nouveau sentir, dans les dix minutes de battements, entre les deux classes matinales. Une sensation forte qui pince l'estomac et nous fait tourner la tête. Elle profita de cette sensation pour dire à Blanca qu'elle devait manger quelque chose. Elle la planta au milieu du couloir pour aller s'acheter un petit jus de fruit à la cafétéria et se hâta de remonter pour arriver à temps dans sa classe de science. La prof, madame Desilets, était sur le pas de la porte et guettait le moindre retard. Cassandre arriva à temps et put s'asseoir à sa table. Cette classe était de loin l'une des plus modernes de l'école. À vrai dire, elle ressemblait plus à un laboratoire qu'à une classe. Quinze longues tables noires, pour deux élèves chacune, la constituaient, en plus des microscopes et des fioles qui s'y trouvaient. Cassandre s'assit lorsque la dernière cloche retentit. Ce fut alors que tous regardèrent vers la porte, madame Desilets avait attrapé un retardataire et il lui donnait du fil à retordre. Il se défendait avec ferveur, tellement, que la prof, déjà lasse, abandonna et le laissa entrer. À ce moment, le cœur de Cassandre se serra et sa respiration devint haletante. C'était Jean-Sébastien ! Selon elle, le plus beau garçon de toute l'école. Le grand joueur de soccer, aux cheveux blonds tombants, avait des yeux bleus, des broches et un piercing au sourcil. En allant s'asseoir, il la salua. Tout de suite, elle rougit. Les deux se connaissaient depuis belle lurette. En fait, depuis l'école primaire, mais ils ne se parlaient que rarement. N'ayant rien à se dire. Jusqu'en secondaire un, Cassandre n'avait jamais vraiment ressenti quelque chose pour lui, mais depuis que la puberté avait frappé le jeune homme de plein fouet, l'ayant fait grandir d'un bond trente centimètres, donné quelques poils au menton, rendu sa voix plus grave et développé les épaules, elle était devenue totalement et irrémédiablement folle de lui. Elle n'était pas certaine, mais elle pensait lui plaire un peu, car il lui parlait plus souvent depuis peu. Les hormones! Elle aussi s'était développée et affichait une image beaucoup plus femme que dans leur prime jeunesse. Elle espérait tant qu'il la verrait et finirait par l'inviter au bal. Assis devant elle, elle n'écouta rien du cours, obsédée par le dos du jeune homme. Elle le regardait avec les yeux du premier amour, pur, fou, inconditionnel sans la moindre retenue. Tout était le plus beau du monde chez lui, sa nuque, ses cheveux, ses coudes! Blanca était dans la classe elle aussi, et savait tout du béguin de Cassandre pour le jeune homme. Elle les regardait et décida qu'elle devait agir, elle mettrait son plan à exécution à la cloche. Le cours passa inhabituellement vite pour Cassandre, même trop! La cloche retentit et tous se levèrent, Cassandre, attendait que J-S s'en aille, ne voulant pas passer devant lui, trop gênant! Lorsqu'il se leva, elle se leva aussi, voulant le suivre de loin, à ce moment, Blanca passa en trombe et poussa la jeune fille sur le jeune homme en s'excusant à peine. Cassandre se retrouva dans une situation plus que gênante et ses joues se tintèrent d'un rouge qui ne mentait pas. Elle s'excusa en balbutiant.

— Je suis désolée…. je voulais pas….

Le beau J-S lui fit un large sourire ce qui la fit rougir de plus bel avant de dire.

— Non ça va….

Elle baissa les yeux ne sachant que faire ou dire, lorsque lui se risqua.

— Heu…dis-moi….tu vas aller au bal d'hiver?

Cassandre le fixa droit dans les yeux, presque terrorisée. Elle dit.

— Moi? Je sais pas, j'ai pas de cavalier encore.

Le jeune homme se mit à rougir aussi à ce moment, les deux visiblement mal à l'aise, Cassandre ne soutint plus la tension. Elle dit, confuse.

— Bon, il faut que j'y aille….bye.

Il la salua, lui aussi, un peu confus. Cassandre se mit à marcher très vite, elle avait le cœur qui battait à cent à l'heure, les pommettes rouges, les mains moites. Il était près de l'inviter. Ce n'était plus qu'une question de temps! Elle était si excitée, elle avait besoin d'une cigarette, elle courut presque à son casier pour prendre son manteau lorsque Blanca arriva pour lui parler.

— Alors? Vous vous êtes dit quoi?

Cassandre regarda son amie et dit, les yeux narquois.

— Une chance qu'il m'a presque invitée parce que sinon, je pense que je t'aurais tuée sur place!!!

Les deux se mirent à rire comme…. deux écolières. Blanca dit.

— Tu viens manger?

Cassandre déclina l'offre, même si la sensation devenait plus forte.

— Non, enfin peut-être plus tard, je vais aller fumer une cigarette, après je verrai.

Les deux se quittèrent là-dessus. Cassandre, totalement amoureuse, avait la tête dans les nuages et se sentait plus légère qu'une plume. Lorsqu'elle sortit, le froid la ramena sur terre. Son amour pour le beau J-S lui avait même fait oublier de fermer son manteau, elle s'empressa de remonter sa fermeture-éclair pour se protéger du pincement. Avec la nouvelle loi sur la cigarette, Cassandre dût traverser presque toute la cour pour rejoindre l'espace permis aux fumeurs. Là, elle s'arrêta, non loin de quelques élèves et profs, eux aussi bannis, et alluma sa deuxième cigarette de la journée. Chaque bouffée lui faisait tourner la tête! Elle n'aurait pas pu bien dire si c'était le manque de nourriture ou J-S. En ce moment précis, ça ne lui importait pas du tout. Soudainement, son cœur se serra de nouveau. J-S venait de sortir et semblait se diriger vers eux. Toute nerveuse, la jeune fille regarda autour d'elle en cherchant de possibles amis qu'il pourrait venir voir. Cependant, il n'y en avait aucun! Quelle conne! Pensa-t-elle. Tous ses amis font du sport, ils ne fument pas! Non, plus il avançait, plus sa cible se précisait, il venait vers elle. Ce fut alors qu'elle prit l'air le plus détaché qu'elle pouvait prendre, bien qu'elle ne bernait personne. Lorsque le jeune homme arriva à ses côtés, elle l'aborda d'une manière joueuse, tout en inclinant la tête. Elle repoussa ses cheveux vers l'arrière et lui sourit tout en battant des paupières.

— Hey toi….tu t'es perdu, le club de soccer se tient pas ici…..

J-S, lui aussi timide, ne put s'empêcher de sourire tout en rougissant. Voilà! Elle en était sûre, il venait pour l'inviter!

— Tantôt, tu disais que personne t'avait invité pour le bal, non? Dit-il, cherchant ses mots.

Cassandre jubilait à l'intérieur! Elle le dissimulait bien, mais toutes ses émotions se bousculaient dans une cacophonie qu'elle seule pouvait entendre.

— Non, c'est plate hein? J'aurais vraiment aimé ça y aller. Lui répondit-elle.

Le cœur battant la chamade, il se risqua. Il ne se doutait pas que tout était gagné. Il n'avait aucune idée de l'obsession de Cassandre à son endroit. Il se dit, tout courageux du haut de ses 15 ans, que s'il n'essayait pas, il n'aurait rien.

— Ben....ça....ça te tenterait-tu...de venir avec moi? Dit-il.

La cacophonie se fit plus forte et le cœur de Cassandre se mit à battre si fort qu'elle eut l'impression un instant, que sa tête allait éclater.

— Ben oui, ça pourrait être cool....dit-elle, se mettant à rougir de nouveau.

Les deux s'échangèrent de petits regards furtifs, gênés, sans oser rajouter quelque chose. Ils souriaient, comme l'amour fait sourire bêtement. Après deux bonnes minutes de silence, J-S décida de le briser, leur attirance était maintenant bien établie, ils devaient récupérer tous les deux de cette épreuve qu'est la révélation.

— Bon, ben super, on s'en reparle plus tard. Dit-il, signifiant qu'il partait.

Elle lui sourit en hochant de la tête et il quitta. Encore sous ce doux choc, Cassandre put retomber dans ses rêveries les plus folles. Elle se voyait déjà au bal, avec lui à son bras. Que mettrait-elle? Comment se coifferait-elle? Toutes ses questions commençaient à l'envahir lorsque Blanca, bravant le froid, vint la rejoindre à la course. Elle avait assisté, comme une bonne vingtaine d'élèves, à cette scène de la cafétéria.

— Pis, pis? Demanda-t-elle, tout en grelotant.

Cassandra feignit de ne vouloir rien dire mais ne put le faire. Elle prit les mains de Blanca et dit, la voix aiguisée par l'émotion forte qu'elle venait de vivre.

— Il m'a invitée!!!!

Les deux se mirent à sauter sur place telles des gamines en ricanant. Ce petit jeu terminé, Blanca affirma.

— Je le savais, j'ai bien fait de te pousser tantôt. Allez, dis-le, j'attends. Dit-elle, en prenant la pause d'une fille lasse et blasée.

Cassandre rit un peu avant de dire.

— Merci Bibi!!!

Elles recommencèrent à rire et se donnèrent un baiser sur les joues. Le froid ne s'étant pas amoindri, Blanca, dont les lèvres blanchissaient à vue d'oeil, dit.

— Hey, je me gèle, on s'en reparle pitoune. Ciao!

Elles se saluèrent de la main et Blanca quitta pour retrouver la chaleur perdue. Les émotions de Cassandre n'avaient pas perdu de leur intensité, elle regarda sa montre, et se dit qu'elle avait encore le temps pour une dernière cigarette. Elle l'alluma, et la fuma, avec délectation. Le dernier épisode lui semblait aussi glorieux qu'une victoire. J-S l'avait invitée ELLE au bal d'hiver. Elle était extatique. Tous ses problèmes semblaient être à des millions d'années lumière. Elle était amoureuse! La pause du midi passa néanmoins, lorsque la première cloche retentit, Cassandre fut sortie de ses rêveries par sa mauvaise musique. Elle retourna donc à l'intérieur pour se préparer pour ses cours de l'après-midi. En entrant, elle ne vit pas que quelqu'un d'autre avait assisté à la scène par la vitrine de la cafétéria. Et ce témoin, n'était aucunement emballée par la scène vue dehors...... surtout lorsque Blanca confirma à tout le monde la nouvelle. Cassandre ne vit pas qu'elle était suivie et continuait de marcher normalement jusqu'à ce la seconde cloche se fasse entendre. Là, elle se dit qu'elle serait en retard, elle fit donc quelques pas de course, mais son assaillante en fit de même. Les couloirs commençaient à se vider lorsque Cassandre atteignit son casier, elle fit le numéro de son cadenas et l'ouvrit lorsque tout à coup, quelqu'un le referma violemment. Ne comprenant pas, Cassandre suivit le bras pour tomber nez-à-nez avec Julie Dufour...... l'ex de J-S. Ce fut alors qu'elle songea un instant à la situation, Pour la première fois, elle retombait sur terre, et durement. Ils étaient sortis ensemble pendant six mois, et leur rupture était fraîche de deux mois. Juste par l'expression faciale de Julie, Cassandre comprit tout, tout de suite. La jeune fille la fixait avec des yeux méchants et plein de colère, la bouche crispée et les sourcils froncés. Pour des adultes, elles n'étaient que deux adolescentes amourachées du même garçon (qui plus est, elles se ressemblaient étrangement), mais dans leur monde adolescent, Cassandre avait déclaré la guerre! Julie ne laisserait pas passer une telle offense sans réagir! Quelques témoins n'avaient toujours pas rejoint leur classe, et allaient assister à cette confrontation.

— Il te voulait quoi ? Dit Julie, sèche.

Cassandre renonça à ses livres et à laisser son manteau et fit quelques pas en direction opposée de Julie. Furieuse de se faire ignorer ainsi, elle réitéra sa question, cette fois-ci en criant presque.

— HEY! Je te parle Casse.... dit-elle, en étirant le S tel un serpent.

Nerveuse, Cassandre sentit son cœur qui accélérait. Elle se détourna et dit sur un ton presque doux, pour éviter le sujet.

— Ben rien, on a parlé c'est tout.

Ce fut à ce moment que Julie crut devenir folle, elle sentit le sang lui monter à la tête et commença à lui parler de manière très menaçante en s'approchant.

— Hey ptite bitch, tu me prends-tu pour une cave?

Arrivée devant Cassandre, elle la brava du regard. Les petits curieux étaient tellement absorbés par la scène, qu'ils n'entendirent même pas la troisième cloche signer leur retard. La tension était forte et tout semblait mener inévitablement à ce qui suivit.

— Je sais très bien de quoi vous avez parlé dehors tous les deux....ta p'tite conne d'amie a tout raconté en rentrant dans l'école. Dit Julie, le ton agressif.

Pour la première fois, Cassandre en eut assez de se taire et elle détermina la suite des évènements. Elle prit tout son courage à deux mains et dit la chose la plus arrogante qui lui vint à l'esprit. Elle ne s'excuserait pas, hors de question!

— Ben si tu sais, pourquoi tu demandes?

Ceci acheva le dernier sang froid de Julie, elle la frappa au visage avant de lui crier.

— MA TABARNAK TOÉ!

Et se jeta sur Cassandre. Les deux jeunes filles se mirent à se battre! Si vous pensez que seuls les garçons peuvent être agressifs, détrompez-vous! Comme Cassandre était beaucoup moins en colère que Julie, elle perdit vite tout avantage. Julie se retrouva sur elle, à califourchon. Elle la prit par le chignon et se mit à lui frapper la tête sur le sol tout en l'injuriant. Les autres élèves assistaient à cela, impuissants et n'osant faire quoique ce soit. Ce fut un gardien, vite suivi d'un second, qui les séparèrent, non sans misère. L'un d'eux, qui connaissait bien Julie, tenta de la calmer après les avoir séparées. Cassandre ne faisait plus rien, alors que Julie se débattait, l'âme en peine.

— Julie, calme-toi. Disait-il, tout en essayant de l'empêcher qu'elle le blesse lui aussi. La jeune fille hors d'elle ne cessait de crier.

— C'est une ostie de salope!

Voyant que la situation ne s'améliorerait pas, ils les séparèrent et les emmenèrent voir deux directeurs-adjoints différents. Cassandre dût faire une escale à l'infirmerie, elle saignait de la lèvre inférieur, avait une légère coupure sur la joue droite et sa tête lui faisait mal. L'infirmière lui posa toutes les questions et fit tous les tests afin de vérifier si elle était susceptible de faire une commotion cérébrale. Après dix minutes, elle en vint à la conclusion que Cassandre était hors de danger. Elle nettoya ses coupures, lui donna un verre d'eau. Tout cela sous la supervision du gardien. L'homme d'une cinquantaine d'années devait l'emmener chez le directeur Turcotte tout de suite après afin qu'elle reçoive sa punition. Il l'escorta, après les soins, au second étage. Arrivés devant la porte du directeur, il cogna et attendit qu'on les invite. Il ouvrit la porte et invita la jeune fille à entrer. Le directeur Roger Turcotte était âgé d'une quarantaine d'années, avait les tempes déjà grisonnantes, mais son regard gentil et perçant, était resté bien plus jeune. Il fit un petit sourire à Cassandre tout en l'invitant en s'asseoir.

— Merci Marcel. Dit-il au gardien.

Les deux se regardèrent un court instant, alors que le directeur souriait toujours, Cassandre le regardait, peinée, connaissant bien les conséquences de la bataille.

— Alors...dit-il en étirant le O.

— Que s'est-il passé dis-moi. Dit-il, sympathique, nullement en colère.

— Ben, on s'est battu, Julie Dufour et moi. Elle est pas là? Dit-elle, se rendant compte que normalement, elles auraient dû être ensembles dans le bureau du directeur.

M. Turcotte lui répondit ainsi.

— Non, lors de bataille, on envoie les deux élèves chez un directeur différent. Julie est avec madame Gagné.

Il enchaîna.

— Pourquoi vous vous êtes battues?

Cassandre, un peu gênée, baissa le regard.

— Ben, son ex m'a invité au bal d'hiver, elle l'a appris pis je pense qu'elle l'a pas bien pris.

L'homme écoutait, attentif. Il reprit.

— Qui a commencé?

— Elle, dit Cassandre, penaude.

Le directeur ne douta aucunement de la véracité des propos de la jeune fille. Cependant, dans ces cas-là, il devait tout de même appliquer le règlement scolaire.

— Je te crois Cassandre. Par contre, le règlement scolaire stipule, que tout élève qui participera à une bataille, même si ce n'est pas lui qui l'a initié sera renvoyé une journée. En plus, je vais devoir appeler tes parents.

La jeune fille sembla tomber des nues, ce n'était pas vraiment d'être renvoyée qui la dérangeait, mais plutôt de savoir que le directeur appelleraient ses parents pour leur dire.

— Julie a commencé, elle sera renvoyée deux jours. Je vais vous revoir toutes les deux mercredi pour en reparler. Aussi, je veux que tu fasses un texte de réflexion sur tes actes. Une feuille recto-verso sur la portée de tes actions, cette bataille-là en particulier. Des questions?

Cassandre fit non de la tête.

— Bon, alors tu peux rentrer à la maison, reviens demain après-midi. Je vais faire avertir tes profs.

La jeune fille se leva et salua le directeur de la main avant de sortir du bureau. M. Turcotte tapota sur son clavier et tomba sur le dossier de Cassandre, il chercha le numéro de téléphone des parents au travail. Lorsqu'il le trouva, il décrocha son combiné et signala.

À l'extérieur, Marcel attendait la jeune fille. Il l'escorta jusqu'à son casier pour qu'elle prenne ses choses. Ensuite, il la reconduit jusqu'à la porte de l'école. Elle ne put s'empêcher de penser qu'elle était traitée comme un prisonnier. Ce n'était qu'une simple bataille après tout! Elle n'avait tué personne! La porte se referma et Cassandre était maintenant dehors. Elle commença sa route pour se rendre à la maison. Plus tôt que prévu! En chemin, elle s'alluma une cigarette, ce fut alors, que la faim se fit de nouveau sentir, mais cette fois-ci, ce n'était plus un simple pincement au ventre, mais bien une douleur sourde qui lui fit tourner la tête. Maintenant, elle devait manger, absolument. Elle se hâta de rentrer chez elle. Il était 2 heures de l'après-midi. Elle s'empressa d'enlever son manteau et ses bottes et courut à la cuisine. Elle ouvrit la porte du frigo et trouva les restes d'une pizza froide de la veille. Elle fit chauffer les cinq pointes restantes au micro-onde et les engouffra. Mais sa frénésie alimentaire ne s'arrêta pas là, elle mangea une douzaine de biscuits à la crème et cala un litre de jus d'orange. Après s'être goinfrée de la sorte, étrangement, elle ne se sentait pas très bien. Elle s'assit un instant sur une chaise de la cuisine pour se masser le ventre. Tout ce soudain afflux de nourriture la dégoûtait et elle eut envie de quelque chose de très grave. Cela faisait longtemps qu'elle avait arrêté. Bon, il faut bien dire qu'elle l'avait refait à quelque reprise depuis la crise, mais pas souvent. Ses parents ne s'en étaient jamais rendu compte. Le ferait-elle?? Se sentant mal d'avoir trop mangé, elle se convainquit qu'une fois n'était pas coutume. Elle se leva et alla s'enfermer dans la salle de bain. Elle souleva la planche de la toilette et mit deux doigts dans le fond de sa gorge. Les premiers hauts le cœur ne suffirent pas à la faire vomir, elle attendit. Son estomac finit par se contracter et expulsa toute la nourriture dont elle s'était empiffrée quelques minutes plus tôt. Au même moment, sa mère, Lise, rentrait anormalement tôt du travail. Le coup de téléphone de m. Turcotte l'avait bien inquiétée et elle avait averti son patron qu'elle devait aller chez elle à cause de sa fille. Elle descendit de sa voiture et se dirigea vers l'entrée, bien décidée à faire la morale à sa fille à propos de la bataille. Lorsqu'elle entra dans la maison, elle vit le manteau de sa fille et ses bottes mais ne la vit pas. Elle se mit à l'appeler d'une voix contrariée. Lorsque Cassandre l'entendit, affairée à nettoyer les goûtes de vomi qui étaient sur la planche et sur le sol, elle se mit à paniquer. Que faisait-elle là si tôt?? Comme sa mère ne cessait de l'appeler, elle finit par lancer.

— CHUIS AUX TOILETTES M'MAN!!!

Sa mère alla se mettre devant la porte et commença son sermon aussitôt, trop en colère pour attendre la sortie de sa fille.

— Cassandre Dubuc, j'arrive pas à croire à ça! Tu sais pas la honte que j'ai eue quand j'ai dû dire à mon patron que je devais partir....

Cassandre ne l'écoutait pas, elle était beaucoup trop occupée à dissimuler les traces embarrassantes qu'elle avait laissées. Une fois toutes les goûtes nettoyées, elle prit un désodorisant de salle de bain et en mit abondamment pour cacher l'odeur facilement reconnaissable. Sa mère quant à elle, continuait son sermon.

— Tu sauras jeune fille que ça se fait pas des affaires comme ça! Même pour un garçon!

Cassandre finit par ouvrir la porte pour tomber face à face avec sa mère, elle tenta de refermer discrètement la porte afin qu'elle ne se rende compte de rien.

— Écoute, c'est pas de ma faute, c'est elle qui a commencé. Sa mère, les bras croisés, la regardait visiblement en colère.

— Pis c'est une raison pour se battre ça? Je t'ai pas élevée de même ma fille....

Cassandre, toujours aussi nerveuse de se faire attraper, voulut transporter la dispute dont elle se foutait totalement dans la cuisine, mais se faisant, elle vint plus proche de sa mère.

— Mais m'man, c'est pas ça la question, elle s'est jetée sur moi, t'aurais voulu que je fasse quoi que je me laisse faire, qu'elle m'arrache la tête sans que j'oppose aucune résistance c'est ça?

La mère sentit dès lors une odeur qu'elle connaissait bien, trop bien, s'exhaler de l'haleine de sa fille. Elle s'en approcha pour vérifier, sous le regard inquiet de Cassandre. Tout d'un coup, il lui sembla que tout l'épisode de la bataille était beaucoup moins important. Elle demanda, craignant la réponse.

— Tu faisais quoi dans les toilettes?

L'inquiétude la jeune fille bondit de mille crans.

— Mais rien, dit-elle, paniquée.

Sa mère la repoussa pour entrer dans la salle de bain. Elle reconnut immédiatement l'odeur et lança un regard désespéré en direction de sa fille.

— Cassandre.... non, t'as pas recommencé c'est pas vrai.

Cette fois-ci, sa voix n'avait plus aucune colère mais était emplie d'angoisse. Elle sortit de la salle de bain les larmes aux yeux et se dirigea vers la cuisine. Cassandre se sentait tellement mal qu'elle la poursuivit.

— C'est arrivé juste une fois depuis maman..... j'avais pas mangé ce matin, j'ai trop bouffé en revenant pis j'ai eu mal au cœur....

Sa mère se retenait pour ne pas pleurer et faisait tout pour éviter le regard de sa fille. Plus sa fille parlait, plus elle se souvenait, deux ans auparavant. Les mensonges, les sacs de vomi, l'hospitalisation, tout lui revint comme un goût amer dans la gorge. Lise était normalement une femme assez douce, mais là, poussée à bout de nerfs, elle cria.

— ARRÊTE DE MENTIR......

Cassandre, ne l'ayant jamais vue ainsi, se tut, surprise.

— Je te connais Cassandre Dubuc, je sais de quoi tu es capable. J'arrive pas à croire qu'après tout ce qu'on a traversé....que tu as traversé.....oh non, je peux pas te parler maintenant, va dans ta chambre.

Cassandre tenta bien de protester mais sa mère lui répéta, cette fois-ci sèchement, en pointant l'escalier et sans même la regarder.

— VA dans ta chambre.....

Le monde de la jeune fille s'effondrait autour d'elle. Pourtant la journée avait si bien commencé. Elle gravit lourdement les escaliers et se rendit dans sa chambre, la mine basse. Elle mit son IPOD et se coucha sur son lit. Excédée, épuisée, elle fondit en larmes avant de s'endormir. Tout allait de travers...

Lorsqu'elle se réveilla, il faisait déjà noir. Une lourde pluie froide ruisselait sur sa fenêtre. Elle n'entendit pas tout de suite ses parents qui parlaient, en bas. Ce fut lorsqu'elle enleva son IPOD, qu'elle les entendit. Inquiète, elle décida de descendre. Elle arriva dans la cuisine pour les trouver, les deux, assis à la table, qui parlaient, le visage grave. Lise avait tout raconté à son père. Les deux se retournèrent pour la voir. Normand, lui lança un regard tout aussi inquiet et angoissé que sa mère quelques heures plus tôt.

— Viens t'asseoir, dit-il.

Cassandre, le regard bas, s'avança, elle tira lentement la chaise de sous la table en faisant grincer les pattes sur le sol et s'assit. S'installa un long silence que personne n'osait briser. Ce fut Normand qui le brisa après dix bonnes minutes.

— Ta mère m'a dit...enfin, m'a raconté....

Cassandre allait l'interrompre lorsqu'il leva la main pour l'en empêcher. Il enleva ses lunettes pour se masser les yeux.

— Cassandre, te rends-tu compte de la gravité de ce que tu as fait?

La jeune fille, désemparée voulut se défendre.

— Mais c'est arrivé juste une fois, ça arrivera plus, je vous le promets.

La mère recommença à pleurer. Cassandre aussi avait les larmes aux yeux et sa voix tremblait lorsqu'elle parlait. Les parents étaient eux aussi désemparés. Normand n'osait même pas la regarder en face tant il ne savait pas comment il pouvait réagir.

— Je pense que tu comprends pas Cassandre. Souviens-toi des premiers mensonges, et des plus gros, quand tu es tombée malade et qu'on t'a hospitalisée pendant presque un an. C'est ça que tu veux?

La jeune fille était confuse, elle se souvenait bien de cela, mais parce qu'elle était si faible, elle en gardait des souvenirs flous sans lien les uns entre les autres. Elle se souvenait par contre très bien de la douleur au cœur qu'elle avait eue lorsqu'elle s'était effondrée, en pleine classe de gym avant d'être hospitalisée. Elle dit, la voix tremblante.

— Non, c'est pas ça que je veux.....

Les yeux de son père se mirent à rouler dans l'eau.

— Demain, on va aller voir le docteur Fortin pour qu'il t'évalue. Si t'as besoin, tu vas retourner à l'institut le temps qu'il faudra.

À ce moment, la fille se mit vraiment à pleurer.

— Non, je veux pas y retourner, s'il vous plaît. Pas ça.

Tous les trois pleuraient maintenant, les parents à cause de leur peur incommensurable de perdre de nouveau leur seule et unique enfant, et la fille, de la terreur de vivre encore recluse dans un hôpital psychiatrique. Devant la réaction de leur fille, Lise voulut la rassurer.

— Écoute, c'est juste pour une évaluation. On veut juste savoir ce qui s'est passé depuis deux ans pour que tu recommences. C'est tout.

Cassandre, acculée au pied du mur, hocha de la tête. Elle essaierait tout pour convaincre Fortin que ce n'était qu'une petite rechute. Elle ne lui parlerait pas des autres fois, seulement de celle-là. Elle salua ses parents et leur dit qu'elle avait un travail à faire pour le directeur. Elle retourna dans sa chambre, s'y enferma et commença son travail de réflexion sur la bataille. Elle écouta de la musique tout le long du travail. Mais le stress, la peur, ne l'empoignaient pas moins. Elle était tellement stressée, qu'elle eut l'audace d'ouvrir la fenêtre de sa chambre pour fumer une cigarette, ne voulant pas recroiser ses parents au premier. Après cela, elle se mit à faire le grand ménage de sa chambre. Elle rangea tous les vêtements soigneusement sur un cintre, les papiers inutiles dans la poubelle et classa les autres. Elle fit un tri de choses inutiles et utiles, et de celles qui pouvaient encore lui servir. La nuit avançait lorsqu'au milieu de son ménage, elle eut faim de nouveau. En effet, le seul repas qu'elle avait pris, n'était pas resté dans son estomac plus de quinze minutes. Elle se sentit faible et étourdie. Elle devait manger. Comme minuit approchait, ses parents étaient couchés. Elle descendit donc les escaliers sur la pointe des pieds pour se retrouver dans la maison sombre et froide. Elle marcha jusqu'à la cuisine et ouvrit le garde-manger. Là, elle trouva une boîte neuve de petits gâteaux. Elle l'ouvrit et en mangea un, et bientôt deux, et trois et quatre et….. jusqu'au dernier. Ce fut alors, qu'elle se rendit compte, qu'elle ne se contrôlait pas très bien. Elle eut de nouveau mal au ventre pour avoir mangé trop vite. Elle ne sentait pas bien, mais elle devait résister à la tentation. Elle remonta les escaliers et s'enferma de nouveau dans sa chambre. Là, elle fit tout pour ne pas y penser, elle recommença à faire du ménage pour chasser l'idée de son esprit. Mais elle n'y parvenait pas, on aurait dit que plus elle essayait, moins cela fonctionnait. À bout de nerfs, elle s'assit sur le sol et se mit à pleurer. Elle arriva à la conclusion, qu'elle devait le faire, c'était plus fort qu'elle. Elle se leva, et le cœur battant, alla dans sa salle de bain. Tout se bousculait dans sa tête dans une cacophonie horrible, l'école, J-S, son hospitalisation, ses parents, la bataille, Blanca, Julie!!!!! Elle ne savait plus où elle en était. Elle alluma la lumière de la salle de bain. Elle repensa aux premiers mensonges et à son obsession sur son poids. Tout ce qui l'avait lentement amenée jusque là. Elle s'approcha de la toilette et souleva le couvercle. Elle était si confuse et si perdue, demain elle reverrait le docteur Fortin, qui, même si elle savait qu'il faisait son travail et voulait son bien, lui inspirait la plus grande haine qui soit. Soudain, hésitant, elle se vit dans le miroir. Cependant, il y avait cela de spécial, qu'elle avait elle-même l'impression que c'était la première fois en plusieurs mois. Tout son maquillage avait coulé sur ses joues et ses yeux étaient tous noirs. Elle était encore très maigre, sa peau clair n'inspirait pas la santé. Elle songea un instant, qu'elle était à une limite dans sa vie. Retomberait-elle? Ou accepterait-elle que sa maladie devait être traitée plus sévèrement si elle voulait s'en sortir? Elle hésitait à se faire vomir. Avait-elle envie de tout cela encore? Sacrifierait-elle tout? Elle se regarda dans le miroir se posant elle-même la question. Minuit sonna.

Mardi ou Karine et Fred

La soirée était longue et beaucoup de client se bousculaient presque pour arriver jusqu'au bar. Karine en avait l'habitude et ne bronchait pas. La jeune femme de 28 ans, aux cheveux roux teints et frisés, releva ses yeux noisette pour tomber sur le visage mécontent d'un client qui attendait depuis longtemps. Ce n'était pourtant pas de sa faute, elle était la seule barmaid à son étage, où se trouvaient les tables de billard. Ce succès amenait plus de clients à cet endroit et elle avait de la difficulté à fournir à la demande entre les commandes, le lavage des verres, les paiements, etc. De nature bonasse, elle lui fit un sourire et lui dit.

— Je vous réponds dans 2 minutes, promis.

Elle s'empressa de terminer de laver quelques verres et prit sa commande. Elle le fit payer et le remercia de sa patience....bien que lui, ne lui dit même pas merci. Une marée de client assaillait son bar et elle faisait du mieux qu'elle pouvait pour leur répondre dans un temps raisonnable. Par chance, la majorité des gens étaient assez sympathiques et ne s'offusquaient pas voyant bien que la pauvre fille faisait de son mieux et n'arrêtait pas une seule seconde, même pour respirer ou cligner des yeux! Lorsque 3 heures sonna, elle fut aussitôt soulagée, se disant que les clients partiraient. Elle commença à nettoyer son bar, aidée par quelques garçons qui travaillaient là. Elle fit sa caisse et la recompta pour être certaine que tout était en règle. Son patron, Berny, descendit du troisième et lui lança.

— Alors ma belle, bonne soirée?

L'homme de cinquante ans, aux cheveux rasés et la carrure solide, arborait un visage enfantin et deux yeux gris. Épuisée, Karine lui répondit, à bout de souffle.

— Ouais.... mais tu pourrais pas me mettre un garçon à mon bar Berny.

Tout de suite, l'homme se renfrogna, aucunement chaud à payer un employé supplémentaire, déjà qu'il en avait une trentaine.

— Des soirées comme celles-là sérieux, c'est pas cool....t'es pas obligé d'en engager un, juste qu'un vienne de temps en temps me donner un coup de main quand il y a beaucoup de monde.

Berny réfléchit rapidement, Karine travaillait pour lui depuis cinq ans et s'était toujours montrée loyale envers lui, elle ne lui demandait pas la lune.

— Mouais.... si je dis à Simon qu'il va devenir ton gars attitré, ça te ferait-tu plaisir?

Elle lui sourit en signe d'acquiescement. Alors qu'il s'apprêtait à partir, elle lui dit, comme sous le couvert du secret, pour ne pas que les autres employés entendent.

— Berny...dit-elle en s'approchant de lui.

— T'oublie pas de faire rentrer une fille à ma place demain soir hein?

L'homme se souvint de la demande, faite deux semaines plus tôt. Il avait en effet oublié que c'était prévu pour ce mercredi, mais s'arrangerait bien.

— Oh, c'est vrai. T'inquiète pas ma pitoune. Lui dit-il en l'embrassant sur le front. Il lui fit un clin d'œil désolé et quitta, la laissant seule, avec ce secret. Elle termina ses besognes et s'habilla. Elle sortit du bar vers 4 heures et quart et se dirigea à pied vers son appartement. Le bar, situé sur Sainte-Catherine, était tout proche de chez elle. Elle s'alluma une cigarette pour s'accompagner. Plusieurs personnes qui sortaient des bars marchaient dans les rues en même temps qu'elle, par contre, ils étaient presque tous soûls, alors qu'elle était parfaitement à jeun! Elle finit par arriver devant le petit escalier métallique en colimaçon de son appartement et le gravit lentement. Tôt le matin, il y avait souvent du gel au sol et elle ne voulait pas risquer de se briser la figure en tombant. Elle déverrouilla la porte et entra dans son petit 3 et demi. Ce fut son chat qu'il l'accueillit en ronronnant. Fred avait acheté Citrouille à Karine lors de leur deuxième anniversaire. Le chat tigré et orangé se frotta sur la jambe de sa propriétaire. Elle le prit dans ses bras et lui parla doucement au creux de l'oreille, comme on le fait pour un enfant. L'appartement, minuscule, était embourbé de multiples choses. Toute la vaisselle était dans l'évier, sale. La peinture rouge et bleue des armoires était écaillée et s'effritait au moindre mouvement brusque. Tous les meubles étaient dépareillés. La petite cuisine donnait sur le petit salon, habité par une télé, montée sur une caisse de bois, et un divan, sans patte, recouvert d'un jeté pour cacher sa vétusté. À droite, il y avait les deux portes, la première menait à la minusculussime salle de bain, où quelques bestioles se faisaient voir occasionnellement et la seconde vers la chambre unique. Karine n'osait pas aller dormir tout de suite, elle réveillerait Fred assurément et ce dernier se levait à 6 heures pour aller travailler. De toute façon, elle ne s'endormait pas vraiment. À la place, elle chercha quelque chose à grignoter dans leur frigo vert olive, fit un peu de vaisselle et s'assit sur le divan pour lire, alors que Citrouille s'était couché sur ses cuisses. Elle lut presque deux revues avant que le sommeil se fît sentir. Fred l'avait entendue arriver, il était réveillé depuis quelques minutes déjà mais n'avait aucunement envie de lui adresser la parole. Lorsque son réveil sonna, il l'arrêta et se leva. Il ouvrit la porte et tomba sur Karine, somnolente qui tentait de lire. Il la salua rapidement, sans trop la regarder et alla s'enfermer dans la salle de bain pour se doucher. Karine soupira de découragement, elle se leva et alla lui faire frire des œufs. Fred se lava, longtemps. Il était si en colère, juste à l'idée de devoir la voir, sa gorge se nouait. Fred aussi avait 28 ans, et ils s'étaient connus dans un bar où Karine travaillait. Le jeune cuisinier, travaillait dans un restaurant huppé de la rue Saint-Denis. Mais comme tous bons cuisiniers, il ne gagnait que fort peu lui aussi. Leurs deux salaires réunis suffisaient à peine à payer le taudis qui leur servait d'appartement. Fred était grand et élancé, en fait maigre, il portait des lunettes, carrées qui sur son nez retroussé, le faisait paraître intello, alors qu'il ne l'était pas vraiment. Il se rasait les cheveux et lorsqu'il ne portait pas de tuque, objet d'apparat qu'il adorait, il portait un chapeau de cuisinier! Il sortit de la douche et commença à se vêtir, il devait être au boulot à 8 heures du matin. Quand il ouvrit la porte, il sentit l'odeur des œufs frits et du pain grillé. Il alla s'asseoir devant son déjeuner encore fumant, alors que Karine restait debout, devant la cuisinière, n'osant pas se retourner pour le voir. Il dit, doucement.

— Merci pour le déjeuner.

Il se mit à manger, en évitant soigneusement de la regarder. Il n'en était pas capable, c'était plus fort que lui. La femme était à bout de nerfs et réunit tout le courage qu'elle avait pour le confronter. Elle se retourna pour le voir, mais lui regardait le mur d'en face. Elle essaya une première fois, nerveuse.

— Fred. Dit-elle.

Le jeune homme se contenait, il continua de manger comme si de rien n'était. Il ne dit rien. Devant ce silence, Karine réitéra.

— Fred écoute, ça peut pas continuer comme ça, tu peux pas me faire la gueule sans arrêt.... je te parle.

Comme il s'entêtait dans son mutisme et qu'elle perdait espoir, elle s'approcha de lui pour lui parler.

— Fred. Dit-elle en lui caressant l'épaule.

Fred sentit la colère monter en lui et n'eut plus faim, alors qu'il se levait il dit.

— J'ai plus faim, je m'en vais au travail.

Karine se mit à trembler et mit sa main devant sa bouche. Comme il ferma violemment la porte en sortant, elle se mit à pleurer. Elle alla dans leur chambre, toute petite elle aussi, se coucha sur le matelas dur et chercha difficilement le sommeil... qui finit par contre par venir au bout de d'une trentaine de minutes.

Fred quant à lui, en sortant, se rendit compte qu'il était à peine 6 heures 45. Il lui restait une bonne heure et quart avant de commencer à travailler. Il s'alluma une cigarette et se dirigea vers le Tim Horton le plus près. En effet, sa rapide fuite ne lui avait pas enlevé totalement sa faim, il devait manger un peu plus pour pouvoir tenir. Il marcha à peine deux coins de rue et s'engouffra dans le restaurant. Là, il se retrouva comme pas magie devant la caisse. Il lui semblait que le temps passait à une vitesse accélérée. La femme lui demandait ce qu'il désirait et lui ne répondit pas tout de suite. Il avait l'impression d'être dans un mauvais rêve. Alors que quelques clients commençaient à s'impatienter derrière lui en soupirant, la femme parla ainsi.

— Ça va monsieur?

Le regard vide, il la fixa à travers ses lunettes et se réveilla soudainement.

— Oui, ça va merci.

Plusieurs personnes s'étaient énervées derrière lui, mais elle, avait vu dans son regard, une détresse hors du temps. Il commanda et reçut son beigne et son café. Il s'assit devant une fenêtre et mangea machinalement, aucunement intéressé. Il observait, sans le faire, les gens à l'extérieur qui marchaient sur les trottoirs humides, parsemés de feuilles mortes. Le ciel était gris et morne, tout comme lui. Le monde lui apparaissant étrangement futile, et chaque personne lui semblait inutile. Personne ne le comprenait, personne n'était à sa place. Il se sentait las. Karine l'enrageait, il ne pouvait pas rester auprès d'elle, mais pourtant, tous les autres êtres qu'il croisait, ne lui provoquaient rien, sinon du dégoût. Il termina difficilement de manger et se dirigea vers la sortie. Dehors, il s'alluma mécaniquement une cigarette et se mit en route vers le travail. En tournant un coin de rue, il se rendit compte qu'il était devant une église. Il passait là tous les jours, mais pourtant, ce jour-là, c'était comme s'il la voyait pour la première fois. Il observa un court moment cet édifice de pierre rouge cuivre. Ces deux immenses clochers abritaient quelques pigeons qui se collaient pour garder leur chaleur. L'austérité qui s'en dégageait ne l'impressionnait aucunement, mais il aurait souhaité à ce moment, qu'un Dieu existe et lui vint en aide. Il passa son chemin et continua. Il arriva au travail 10 minutes plus tôt mais se changea tout de suite. À 8 heures, il commença une nouvelle journée de travail. Le restaurant ouvrait ses portes et quelques clients ne tardèrent pas à y arriver. Son collègue Sergei, moldave d'origine, se rendait bien compte, que depuis quelques jours, Fred n'avait pas été des plus bavards, lui qui habituellement, parlait de tout et de rien. Il avait bien tenté de parler avec lui, du problème, mais il s'était buté à mur. Fred s'était montré assez dur et froid. Il lui avait tout simplement dit que ça ne le regardait pas. Sergei avait donc accepté, tacitement avec les autres employés, de ne plus rien tenter. Il le salua quand même, ce à quoi Fred répondit et les deux débutèrent à répondre aux commandes qui arrivaient. Les heures passaient, et les commandes changèrent suivant l'heure. Très vite, les déjeuners firent place aux diners, et vers 2 heures de l'après-midi, Fred eut une pause. Il en profita pour sortir, aller manger une bouchée lui aussi. Il alla dans un resto libanais tout près. Il n'avait que trente minutes, après ce serait le tour de Sergei. Il commanda un shish-kebab, qu'il ne mangea qu'à moitié avant de retourner au travail. De retour devant ses fourneaux, Sergei quitta à son tour. L'après-midi, c'était les heures mortes du resto. Aucune commande ne rentra en près de deux heures et demie.

Vers trois heures de l'après-midi, ce fut une Karine, sans énergie qui se réveilla. Citrouille s'était couché sur l'oreille de Fred, et la veillait, tel un ange. Elle étira le bras pour le flatter, ce à quoi le chat répondit par des ronronnements puissants. Il était son seul ami depuis quelques temps. Elle finit par se lever et alla se doucher. Sous le ruissellement d'eau chaude, son visage se crispa et des larmes naquirent aux coins de ses yeux. Elle tenta bien de les retenir, mais elle n'y parvint pas. Elle resta dans la douche un bon 20 minutes avant de sortir, les doigts plissés par l'action de l'eau. Elle mit une simple robe de chambre ainsi qu'une serviette enroulée sur sa tête et alla au salon pour allumer la télé. Elle mit un de ses feuilletons insipides, qu'elle aimait bien regarder, à cause de la légèreté de leur thème et s'alluma une cigarette. Citrouille vint immédiatement se coucher sur les cuisses de sa maîtresse. Il était particulièrement affectueux depuis quelques temps, comme s'il sentait, lui aussi, le malaise de Karine. Les animaux sont beaucoup plus sensibles qu'on veut bien le croire. Ce jour-là, elle n'arrivait même pas à porter attention à ce qui se déroulait. Elle décida de manger quelque chose. Elle se leva et se dirigea vers la cuisine. Elle sortit un sac de pain bon marché d'une armoire et du fromage en tranche du frigo. Après avoir allumé la cuisinière, elle se fit deux sandwiches au fromage grillé et retourna aussitôt sur le divan pour les manger. Elle aussi mangeait mécaniquement. Elle n'en tirait aucun plaisir, non seulement, ce n'était pas savoureux, mais en plus, elle avait une boule dans la gorge qui l'empêchait de savourer quoique ce soit. Elle venait de s'allumer une nouvelle cigarette lorsque la sonnerie du téléphone retentit. Elle se doutait de qui c'était, et à cause de cela, ne voulait pas répondre. Après dix sonneries, le silence revint. Karine croyait avoir évité sa mère, mais Jocelyne était beaucoup plus persévérante que cela. La sonnerie recommença de nouveau, seulement pour harasser encore plus la femme. Karine regarda Citrouille et lui dit.

— Je réponds ou pas?

Le chat semblait véritablement l'écouter, mais dû à de petites incapacités anatomiques, ne lui répondit qu'en se léchant les babines. La femme regarda à nouveau son chat, et le téléphone, tout en refaisant ce petit jeu à quelques reprises.

— Je suis mieux de répondre, grand-mère abandonnera pas si facilement. Dit-elle au chat qui la regarda se lever et aller jusqu'au téléphone. Karine soupira avant de répondre et tenta de prendre une voix normale.

— Allo. Dit-elle, le plus naturellement possible.

Jocelyne s'empressa de bombarder sa fille de questions.

— Mon dieu, t'étais où? Ça fait presque cinq minutes que je laisse le téléphone sonner.

Karine le savait très bien, elle évitait seulement.

— J'étais dans la douche maman, je viens de sortir.

La mère crut le mensonge de sa fille mais poursuivit.

— Ok pitchounette. Pis, ça va?

Les deux savaient très bien que cette question était ironique, mais la politesse le voulait.

— Ça va, enfin ça peut aller. Dit une Karine, déprimée.

La mère, à l'autre bout du fil, perdue dans ses Laurentides, connaissait très bien sa fille et se doutait bien que sa réponse n'était pas le fond de sa pensée, malgré la distance qui les séparait. Depuis que son père, Hercule, était mort, lorsqu'elle avait cinq ans, Karine avait toujours voulu se montrer forte. Par contre, ce n'était qu'une façade, on n'en est pas moins humain. La mère hésitait à poser la question, mais se risqua.

— Pis Fred, comment il va?

Deux grosses larmes se mirent à rouler dans les yeux de la jeune femme, sous le regard impuissant du chat. Jocelyne, entendait bien sa fille qui reniflait, et bien qu'elle était touchée elle aussi, décida d'être forte.

— Écoute, s'il est trop con, c'est son problème, pas le tien!

Karine fut totalement en désaccord et commença à parler, la voix rauque.

— Non maman, dis pas ça. Il est pas con Fred et tu le sais très bien.

Jocelyne le savait, mais en même temps, elle souhaitait plus que tout protéger sa fille.

— Il veut toujours pas y aller avec toi? Demanda la mère, peinée.

Karina enroulait et déroulait le cordon du combiné avec son doigt, comme mouvement de nervosité. Cette conversation était difficile, mais bon.

— Je pense pas non.

La mère se fâcha à moitié contre l'irresponsabilité de Fred.

— Écoute-moi bien ma fille, c'est votre responsabilité à tous les deux. Tu l'as pas fait tout seul cet enfant là!

Karine se mit à pleurer de plus bel. Elle n'aimait pas, qu'on en parle comme d'un enfant. Il lui semblait que c'était encore plus difficile.

— Je sais maman, mais..... il est pas d'accord avec moi, il a le droit.

Jocelyne, issue de la génération de femme qui avait farouchement lutté pour ses droits, se sentit offusquée par cette réplique et s'emporta.

— Wo! C'est ton corps Karine, c'est pas lui qui le porterait, pis qui devrait prendre des congés maternité.....

Karine l'interrompit tout de suite, n'appréciant pas ces explosions féministes.

— Écoute maman, si tu te calmes pas, je vais raccrocher ok. Ça a pas de rapport avec ça.

Brutalement remise à sa place, Jocelyne se calma.

— Je suis désolée Karine....tu sais que je l'aime Fred. Mais, quand il te fait pleurer...

Karine s'essuyait constamment les joues et reniflait de plus bel. Sa mère lui dit.

— Va donc te moucher là, c'est pas tellement agréable de t'entendre renifler de même, dit-elle, sur un ton blagueur.

Pour la première fois en plusieurs jours, Karine rit un peu ce qui rassura un peu sa mère.

— T'as raison, je reviens. Dit-elle.

Elle s'empressa d'aller chercher quelques mouchoirs et de revenir au téléphone.

— Bon, je suis revenue. Dit Karine, les voies nasales dégagées.

Sa mère continua sur son ton blagueur.

— C'est mieux ça, j'avais l'impression de parler avec un aspirateur bouché.

Karine rit encore un peu. Cependant, le ton grave revint sans qu'elles ne disent rien. Jocelyne le sentit très bien. Elle voulait tellement appuyer sa fille, qu'elle offrit...

— Si tu veux. En fait, si Fred veut toujours pas, je vais y aller avec toi demain matin. C'est à quelle heure hein?

Karine ne voulait pas que sa mère vienne de si loin pour ça, et qui plus était, c'était Fred dont elle avait besoin.

— C'est à 10 heures, mais non maman, ça va aller. C'est dur, mais si Fred vient pas, je vais y aller toute seule.

Jocelyne était persévérante, elle ne voulut pas abandonner tant qu'elle ne serait pas rassurée.

— T'es sûre pitchounette? Si je pars tôt demain matin, je vais être chez vous à 9 heures demain matin?

— Non, ça va maman, merci. Dit Karine, décidée elle aussi.

— Comme tu veux ma chérie, mais tu m'appelles demain hein? Dit la mère, protectrice.

— Promis maman, je t'appelle dans l'après-midi. Dit Karine.

— Je t'aime pitchounette. Dit Jocelyne,

— Moi aussi Jojo, je t'aime. Dit Karine le cœur lourd.

Les deux raccrochèrent. Karine retourna à son divan, là, Citrouille l'attendait toujours. Il se recoucha sur ses cuisses aussitôt qu'elle fut assise. Elle le caressa longuement, tout en pensant. Elle voulait qu'une seule personne l'accompagne à cet avortement, et c'était Fred. Si lui ne venait pas, elle irait toute seule. C'était horrible de penser d'y aller seule, mais elle était décidée. C'était la pire épreuve de sa vie depuis la mort de son père, elle était démolie intérieurement, surtout du peu de support de Fred. Les deux s'étaient toujours réconfortés dans les moments difficiles, et là, elle sentait que les forces lui manquaient. Mais en même temps, elle ne lui en voulait pas vraiment. Elle avait tout planifié depuis deux semaines et ne lui avait annoncé que le samedi suivant. Ils ne s'adressaient pratiquement plus la parole car Fred voulait garder l'enfant malgré leurs horaires de fou et leur situation financière précaire. Ils s'étaient grandement disputés sur le sujet lorsqu'elle lui avait dit. Cela avait été leur pire dispute à vie depuis qu'ils avaient commencé à se fréquenter. Elle regretta même de le lui avoir dit, cela aurait peut-être été plus simple si elle n'avait rien dit. Il refusait de lui parler depuis ce jour-là. Néanmoins, elle le comprenait. Elle ne voyait pas comment elle aurait pu lui en vouloir, quand elle aussi, aurait bien aimé gardé cette petite vie qui grandissait à l'intérieur d'elle.....

Fred était de retour au travail depuis déjà une demi-heure et il était dans la lune. Caroline, une serveuse, tentait d'attirer son attention pour lui donner une commande, mais l'homme était à des milliers de KM de là. Comme il ne réagissait pas, ce fut Sergei qui l'extirpa de ses songes.

— Hey, Caroline te parle Fred, dit-il en lui tapotant l'épaule.

Fred le regarda à cet instant et Sergei put voir dans ses yeux toute la détresse du monde. Fred réagit après quelques secondes de stupéfaction, ayant l'impression d'être retombé sur terre. Il s'excusa auprès de Caroline et prit le petit billet où était écrit la commande. Cette fois-ci, Sergei n'allait pas en rester là et se décida à le confronter.

— Fred, dit-il péniblement.

— Je sais que tu m'as dit que c'était pas de mes affaires, mais qu'est-ce qui se passe?

Fred hésitait, Sergei était un bon collègue, presque un ami. Il finit par céder, garder ce secret plus longtemps lui pesait lourdement.

— Ok.... je vais te le dire, mais s'il te plaît, parles-en à pas à tout le monde. J'ai pas envie ....d'être le centre d'attention.

Sergei laissa tomber son grand couteau et lui fit signe du doigt qu'il ne dirait rien. Fred, rassuré un peu, se confia.

— Ma blonde est enceinte.

Sergei reçut la nouvelle étrangement et interpréta très mal la réaction de Fred.

— Pis t'en veux pas, c'est ça? Demanda-t-il, sympathisant.

Fred sourit un peu, c'était souvent le cas, la femme enceinte et l'homme qui n'en veut pas.

— Non, justement, c'est elle qui en veut pas. Dit-il, en regardant son collègue, peiné.

La surprise sur le visage de Sergei fit sourire Fred de plus bel.

— Oh, je m'attendais pas à ça. Dit Sergei, véritablement interloqué.

Mais cet élément permit à Sergei de relier tous les derniers évènements dans sa tête. Il put parler un peu plus en se remettant au boulot.

— Elle va se faire avorter quand? Demanda-t-il.

Fred soupira, chose que Sergei remarqua bien.

— Demain matin. Dit il, la gorge nouée.

Sergei voyait bien que Fred avait commencé à s'ouvrir et qu'il fallait lui parler, lorsque Caroline arriva dans l'embrasure de la porte, sans que Fred ne la vit, Sergei lui fit de signe de revenir plus tard sous les regards protestataires de la jeune femme.

— Pis tu vas y aller avec elle? Renchérit-il.

À ce moment, Fred ressentit toute la rage du monde mais se contrôla, Sergei ne faisait que lui poser des questions légitimes sur la question.

— Non, pis j'aimerais mieux pas en parler.

Sergei ne broncha pas, il ne s'insurgea pas, par contre, il allait tout de même lui dire sa façon de penser.

— Ouais.... mais moi je pense, que tu devrais.....

Fred qui était déjà à bout de nerfs perdit patience.

— Écoute, je t'ai pas demandé ton avis ok! J'aurais dû fermer ma trape!

Sergei le regarda dans les yeux et lui dit sérieusement.

— Fred, c'est juste que....si toi tu trouves ça dur, imagine comment elle doit se sentir.

Ils restèrent à se regarder ainsi un court instant avant de retourner au boulot, en silence. Ils ne dirent plus rien du restant de la soirée. S'il était vrai que Fred était en colère, et blessé Sergei avait tout de même un point.

Il était 10 heures et demie, Fred rentrait à la maison après une dure journée, plus que bien d'autres qu'il avait pu connaître. En entrant, il tomba sur Karine, qui était devant la télé. Il avait oublié qu'elle avait demandé congé ce soir-là, pour pouvoir se rendre à son rendez-vous. Il devint nerveux. Alors qu'il venait d'enlever ses bottes, il alla directement au frigo pour y dénicher quelque chose à manger. Karine se leva pour le rejoindre dans la cuisine. La tension grimpa d'un cran. Elle entama une conversation assurément houleuse.

— Fred, il faut qu'on parle là. Dit-elle, prête à pleurer.

Fred la regarda froidement avant de dire.

— T'as changé d'avis?

Les larmes aux yeux, elle fit signe de la tête que non.

— Non, mais même plus que ça. J'ai vraiment besoin que tu viennes avec moi.

Ce fut alors qu'il lui lança un regard oblique.

— QUOI? Dit-il, hors de lui.

— Tu veux que JE t'accompagne au meurtre de notre enfant c'est ça?

Karine se croisa les bras et ne put s'empêcher de pleurer.

— Fred, arrête t'es juste méchant là....

Le jeune homme perdit patience et explosa.

— MAIS QU'EST-CE QUE TU VEUX QUE JE FASSE HEIN? Je peux pas faire ça. C'est ton droit de te faire avorter mais t'as pas le droit de me demander... non d'exiger que je sois d'accord parce que je le suis pas!

Karine aussi perdit patience.

— FRED! Arrête! On a déjà parlé! Je travaille tous les soirs de la semaine de 8 heures à 3 heures du matin. Toi, toute la journée, on arrive à peine à se payer ce p'tit appartement de merde! Tu veux qu'on élève un enfant ici? Comme ça?

La colère du jeune homme fut décuplée par les paroles de Karine.

— C'EST ÇA! L'argent, l'argent pis l'espace! T'es tellement froide, aussi froide qu'un bloc de glace.

Cette dernière réplique la blessa profondément, elle n'arrivait pas à croire qu'il lui dise cela.

— Fred, dit-elle, découragée.

— Comment tu peux penser ça de moi? Dit-elle en essayant de lui toucher le bras.

Il se dégagea violemment en criant.

— TOUCHE-MOI PAS!

Devant cette effusion, Karine eut presque peur de lui. La rage dans ses yeux était presque palpable, mais elle l'aveuglait en l'empêchant de voir l'immense tristesse dans ceux de Karine. Il partit s'enfermer dans la chambre en claquant derrière lui la porte. Poussé à bout, comme jamais il ne l'avait été, il se laissa glisser sur la porte et se mit à haleter. Là, pour la première fois depuis qu'il avait été mis au courant, il pleura en silence. Karine ne s'était pas arrêtée de pleurer pour autant, elle s'approcha de la porte et s'y adossa aussi. En larmes, à travers la porte, elle lui parla.

— Fred..... je sais plus quoi te dire, dit-elle, les yeux et les joues mouillées.

Lui aussi, en pleurs, ne dit que cela.

— Ben dis rien.

Elle continua malgré tout.

— T'as l'air de penser que ça me fait rien, que j'en éprouve presque de la joie.

Ce fut alors, que les paroles de Sergei revinrent à l'esprit de Fred. Sa colère avait été si forte, qu'il avait été totalement centré sur lui-même.

— Ça me fend le cœur Fred, tu sais pas comment. Dit-elle, sanglotant.

Pour la première fois depuis qu'elle avait appris sa grossesse, elle fit quelque chose qu'elle s'était toujours refusée de faire. Elle caressa son ventre.

— Je sais que c'est notre enfant Fred. Pis c'est ce qui me fait encore plus mal, dit-elle, la voix méconnaissable.

Fred ne pouvait pas s'empêcher de secouer frénétiquement sa jambe. Il se croisa les mains et y cacha son visage. Plus elle parlait, plus ses larmes devenaient fortes et se transformèrent bientôt en sanglots...que Karine n'entendait pas.

— On a une situation de merde Fred, je me vois pas, avoir un enfant avec la vie qu'on a. Je peux pas. Il faut que tu me comprennes...... il y a rien au monde que je veux plus que de fonder une famille avec toi. Je t'aime, tu sais pas comment. Mais pas comme ça. Ajouta-t-elle.

Fred pleurait si fort maintenant, que Karine put l'entendre. Toute énervée, ne l'ayant vu pleuré qu'à la mort de sa mère, elle se retourna pour lui parler.

— Fred, ouvre-moi la porte chérie.

Péniblement, il dit, au milieu de deux sanglots étouffés.

— Chuis censé faire quoi de ma colère Karine. Hein? C'est tellement pas juste.

Sa compagne l'écouta très attendrie car ne l'ayant jamais vraiment vu ainsi. Elle était très étonnée de sa réaction et n'avait jamais pensé qu'il réagirait aussi fort.

— Fred, j'ai jamais pensé que ça te faisait mal comme ça.... ouvre-moi s'il te plaît. Dit-elle s'impatientant.

Fred était plus qu'hésitant, il n'aimait pas se sentir vulnérable, ce sentiment de faiblesse le rendait très craintif, mais en même temps, c'était de Karine dont il s'agissait. Il n'avait pas vraiment de raison d'avoir peur d'elle. Il finit par se lever et à ouvrir la porte. Karine se tenait devant lui, le regard plein de compassion. Elle se jeta dans ses bras et les deux recommencèrent à pleurer encore plus fort.

— C'est pas juste Karine, c'est pas juste.

Alors qu'ils se serraient, elle lui dit.

— Je sais.

Il ajouta.

— Il est là ce soir, avec nous, plein de vie, il demande juste ça de vivre.

Karine se blottit dans son épaule pour dire ce qui suit.

— Mais on sera pas capable Fred, pas maintenant. Dit-elle, craintive.

Ils se séparèrent pour se regarder. Blessés tous les deux, ils s'embrassèrent pour la première fois en deux semaines. Ils restèrent là un bon dix minutes, sans rien dire. Karine voulait savoir, elle voulait absolument.

— Tu vas venir avec moi?

La question était toujours aussi épineuse et Fred ne savait pas s'il en avait la force. Il détourna le regard avant de dire difficilement.

— Je sais pas.

Karine était si soulagée qu'ils se retrouvent malgré les circonstances, qu'elle le reprit dans ses bras en disant.

— C'est pas grave, c'est pas grave.

Ils restèrent ainsi un court moment. Un peu plus tard, ils s'étendirent sur le divan. Couchés en cuillère, les deux caressaient le ventre, et leur enfant. Karine pleurait plus fort que lui maintenant. Sa colère passée, il vit que c'était autant sinon plus difficile pour elle. Il s'était tellement emporté qu'il n'avait pas songé une minute à tout le mal qu'elle pouvait vivre dans cette situation. Citrouille vint se coucher à leur tête et se mit à ronronner, comme les chats rassurent leurs petits lorsqu'ils sont malades. Karine, qui n'avait jamais voulu le percevoir comme leur enfant, avait été plus que touché par l'attitude de Fred. Elle fit un petit jeu qui pourrait apparaître morbide pour plusieurs, mais il était nécessaire pour eux.

— Si ça avait été un p'tit gars, comment on l'aurait appelé? Demanda-t-elle, en pleurant.

De nouvelles larmes se mirent à rouler dans les yeux de Fred qui dit, la voix tremblante.

— Charles, comme mon père.

— Pis une p'tite fille? Renchérit-elle.

Fred songea un instant et il se rappela de la blague qu'elle faisait lorsqu'ils s'étaient rencontrés sur le nom de sa première fille. Fred dit.

— Rose-Marie comme ta grand-mère.

À ces paroles, elle se mit à pleurer à gros sanglots.

— Je t'aime Fred. Dit-elle, à moitié étouffée.

— Je t'aime aussi, dit-il, lui aussi pleurant, en la serrant contre lui.

Le couple resta là, allongé, avec le chat comme ange bienveillant. Ils finirent par s'endormir, péniblement. Un peu plus tard,

Fred se réveilla, il regarda par la fenêtre pour voir les branches dénudés d'un arbre qui grinçaient sur les carreaux de la fenêtre. Il réfléchit un court instant et soudain, tout lui parut limpide. Il se dégagea doucement, se leva en prenant soin de ne pas faire trop de bruit et alla jusqu'à sa veste. Il chercha dans une poche de sa veste un petit carnet téléphonique. Il chercha le numéro de Sergei. Il décrocha le téléphone et le composa. L'homme, déjà endormi, répondit, se demandant qui pouvait bien l'appeler à une heure si tardive.

  — Sergei?, dit Fred.

  — C'est Fred, désolé de t'appeler si tard mais il fallait que je te demande un service.

  Sergei, bien assoupi, ne comprit pas tout de suite mais se réveilla lorsqu'il sut que c'était Fred.

  — Quoi, dis-moi?

  Fred regarda Karine qui dormait sur le divan avant de dire.

  — Est-ce que tu peux dire à monsieur Ward que je rentrerai pas demain matin? J'ai un empêchement.... familial.

  Sergei lui répondit ainsi.

  — Pas de problème bonhomme, je vais lui dire.

  — Merci Sergei, bonne nuit. Ajouta Fred.

  — De rien, bon courage, dit Sergei avant de raccrocher.

  Lorsque Fred se détourna pour retourner sur le divan, il vit que Karine était éveillée, elle le regardait en pleurant silencieusement. Il vint se recoucher auprès d'elle.

  — On va faire de super parents Fred hein? Dit-elle, angoissée et triste.

  Fred était plus fort maintenant, il avait compris qu'elle était sa famille aussi et cela le rassurait, bien qu'il fut très triste aussi.

  — Oui.... de super parents.

  Ils se serrèrent plus fort.

  Minuit sonna.

Mercredi ou Linda

Linda était déjà épuisée, mais avait-elle le choix? Elle regarda l'horloge blanche depuis longtemps grise pour voir qu'il était à peine minuit une. Il lui restait encore six heures de travail avant de pouvoir rentrer à la maison. Le petit restaurant, La patate souriante, de Verdun était presque vide, mais quelques clients venaient y manger en ce milieu de semaine. C'était ce type de resto, avec une ambiance presque morbide, au nom unique et très évocateur de ce qu'on y servait, contenant toujours le mot patate, où on s'arrêtait pour avaler un hot-dog, une poutine, ou simplement un café. Ce genre de resto, où la décoration en contreplaqué verdâtre était horrible, datant des années 80 et n'ayant jamais été rafraîchie. Ce genre de resto dont on ne se souvient pratiquement jamais du nom, mais où on est tous allé..... Il y avait deux types de clients à cette heure tardive. Le premier, les vieux hommes, célibataires, ou divorcés, qui terminaient de travailler assez tard. Linda les aimait bien, ils avaient toujours un bon mot pour elle et un petit sourire sincère sur leur gros visage barbu. Le second type, était de loin celui qu'elle aimait le moins. C'était souvent des jeunes, soit ivres morts, ou totalement gelés. Ils arrivaient en petits groupes de trois ou quatre, parlaient fort, étaient grossiers et dérangeaient tout le monde. Elle aurait bien aimé des fois les rabrouer, mais le client est roi...ne dit-on pas.... Linda Rioux était une femme de 39 ans, petite, sans tomber dans le nanisme et d'un roux flamboyant, hérité de sa grand-mère écossaise. C'était les deux premiers traits qui frappaient lorsqu'on la voyait pour la première fois. Ces longs cheveux, parfaitement coiffés, tombaient en lignes ondulées jusqu'au milieu de son dos, pour remonter lentement et se terminer en frange, encadrant son visage menue et ses yeux vert lime. Elle portait de grosses boucles d'oreille rose bonbon, des bracelets de pacotille colorés, de faux ongles écarlates et avait un phare à paupière d'un bleu clair. La seule chose qui détonait chez elle, à part ses accessoires, était sans doute son habit de serveuse rose à carrés et son tablier.... Il y avait aussi dans son visage, une impression inhérente d'avoir manqué quelque chose à un moment précis, d'avoir choisi la mauvaise option, une déception si grande qu'elle ne pourrait jamais être réparée, de ne plus avoir la chance d'accomplir sa destinée... comme si elle s'était perdue ou qu'on nous l'avait volée. Toute personne qui croisait son chemin dotée d'un minimum de sensibilité, ressentait ce sentiment flou..... Elle vint offrir du café à Georges, un vieux concierge bedonnant près de la retraite qui était un client régulier, et lui enleva son assiette. Il lui fit un sourire gentil tandis qu'elle faisait son boulot, elle le lui rendit avec plaisir. En marchant vers le comptoir, elle se rendit compte que l'homme avait laissé quelques frites et quelques croûtes de son club sandwich. Elle ne put s'empêcher de regarder autour d'elle si on la regardait. Elle alla discrètement de l'autre côté du comptoir, fit semblant de vider l'assiette et se dépêcha d'engouffrer les restes en vérifiant bien que personne ne la voyait faire. Linda avait quatre enfants, deux boulots peu payants et était mère monoparentale. Il lui arrivait souvent de ne pas manger à sa faim, pour permettre à ses enfants de le faire. Elle se gavait de café, coupe-faim par excellence, pour éviter de trop manger. Son emploi de nuit lui donnait souvent quelques restes... elle les prenait, et les mangeait, sans se plaindre, mais en ressentant une honte dont elle n'aurait pu parler à personne. Sa pauvreté, plus que tout au monde, la faisait se sentir sans valeur, sans importance. Elle tentait bien de s'en sortir, mais après trois mariages infructueux (faux, elle en avait tout de même eu quatre enfants qui étaient sa principale raison de vivre), elle n'avait réussi qu'à joindre les deux bouts qu'en ayant deux emplois. Coiffeuse le jour et serveuse la nuit. Elle avançait dans la vie, seule, ayant une obsession, sortir ses enfants de cette misère. Elle était enfant unique et ses deux parents étaient morts depuis belle lurette, elle avait bien quelques parents au Nouveau-Brunswick, mais elle ne les avait pas vus depuis le décès de son père, lorsqu'elle avait dix-sept ans.... La nuit avança et les clients se firent plus rares, jusque vers trois heures. Là, ce fut le tour des lèves-tôt...Ils se mirent à arriver lentement, demandant œufs frits et bacon. Vers cinq heures, ils se firent plus nombreux. Lorsque Nancy arriva, elle sut qu'elle terminait dans quelques minutes et fut tout de suite soulagée. Elle salua sa collègue qui alla enfiler le costume de serveuse. Dix minutes plus tard, Nancy prit la relève. Linda alla à son tour se changer. Elle mit son gros manteau de fausse fourrure rouge et dit au revoir à ses collègues. Elle sortit de la Patate souriante et s'alluma tout de suite une cigarette de contrebande (les moins chères possibles.). Il faisait encore nuit et seuls les lampadaires éclairaient les rues de Verdun. Elle marcha lentement jusqu'à Bannantyne et y bifurqua en direction de son appartement. Une petite neige tombait sur la ville encore assoupie alors que quelques personnes s'affairaient déjà. Son immeuble se dessina lentement au loin jusqu'à être devant ses yeux. Elle gravit les quelques marches à peine enneigées, déverrouilla sa porte et entra. Dans le petit quatre et demi, froid et mal isolé (sans dire mal décoré), la famille était déjà réveillée et commençait sa routine matinale. Julie, âgée de treize ans et l'aînée de la famille, faisait des rôties sur la cuisinière pour ses frères et sa sœur. Elle était la fille unique de Linda et Robert, qui à part lui avoir volé sa voiture, n'avait rien laissé de très positif dans la vie de Linda. Chaque fois qu'elle posait ses yeux sur elle, Linda n'arrivait pas à croire à quel point elle ressemblait à son père, par contre, Julie se dévouait corps et âme pour sa famille, chose que son père ne fît jamais..... Elle travaillait même en cachette comme camelot. Le salaire était mince, mais tout l'argent qu'elle gagnait, elle l'utilisait pour acheter de la nourriture pour sa famille. Elle n'en parlait jamais à sa mère, car Linda aurait sans doute ragé contre elle. ELLE était responsable de sa famille selon ses dires, pas la jeune de treize ans. Kevin, âgé de dix ans, était le second enfant de Linda. Avec Sarah, la troisième âgée de huit ans, ils étaient les enfants de Linda et Richard. Leur père était un drogué notoire et était en prison depuis si longtemps, qu'ils n'avaient guère de souvenir de lui. Suivait encore Simon, le dernier, âgé de sept ans. Il était le fils de Linda et Paul, ce dernier ayant disparu le jour qu'il avait appris que sa femme était encore enceinte.... Tous la saluèrent joyeusement, sauf Julie, qui était trop occupée. La jeune fille versa quatre petits verres de lait à sa fratrie et pour elle. Elle semblait de mauvaise humeur ce qui n'était pas nouveau depuis que l'adolescence la frappait de plein fouet. Sa mère le savait bien. Lorsque Simon rechigna à propos de ses rôties trop cuites, Julie soupira longuement et continua sa besogne. Linda ne put s'empêcher de le remarquer. Elle savait bien que la situation était difficile pour sa fille. Elle s'approcha d'elle et l'enlaça par derrière. Elle lui parla doucement dans le creux de l'oreille.

— Hey, qu'est-ce qui t'arrive?

Julie se retourna et regarda sa mère, les yeux pleins de désespoir, ce à quoi sa mère ne put que renvoyer la même chose. Elle l'embrassa sur le front et lui dit, tout en lui flattant les cheveux.

— Tu le sais que t'es ma grande fille hein? J'sais pas ce que je ferais sans toi....

Du haut de ses treize ans, Julie acquiesça sans dire mot et continua sa besogne sachant très bien la véracité des propos de sa mère. Linda, très touchée par la détresse de son aînée, mais n'ayant aucun moyen concret d'y remédier, alla se servir....un café. Par la suite, elle alla s'asseoir dans le petit fauteuil gris sale du salon ouvert sur la petite cuisine. Julie vit que l'heure avançait et que les petits devaient se préparer pour aller à l'école. Elle lança le mot d'ordre. Finissez vos toasts pis grouillez-vous! Elle donna à chacun un petit sac de papier brun, avec un petit jus de fruit et un sandwich au jambon pressé et au beurre. Alors qu'elle aussi allait se préparer à sortir, Julie se souvint de la rencontre de parents, ce soir-là, à l'école primaire Notre-Dame-de-Lourdes. Elle alla voir sa mère et lui dit.

— M'man, oublie pas la rencontre à soir.

Sa mère, qui luttait contre le sommeil, lui fit signe de la tête que oui. Le petit Simon, déjà tout vêtu, vint la voir pour lui dire à la hâte.

— Oublie pas le camp de hockey non plus, il faut que t'en parles avec monsieur David.

Sa mère sourit.

— Ben non, j'oublierai pas, ça fait tellement longtemps que t'en parles.

Le petit fit un large sourire pour dévoiler le trou que lui faisait une palette et s'en alla. En effet, il n'arrêtait pas d'en parler, comment aurait-elle pu oublier? Il ne parlait que de ça depuis la mi-octobre. Tous les petits finirent par partir, Julie, sur le pas de la porte, allait sortir lorsqu'elle se souvint qu'il n'y avait plus de lait. Elle le dit à sa mère. Linda, qui commençait sérieusement à piquer des clous, se leva pour aller chercher son sac. Elle fouilla pour y trouver son porte-monnaie et sortit un billet de cinq dollars, qu'elle tendit à sa fille.

— T'en achèteras un chez le viet-namien.

Julie prit le billet sans rien dire. Elle avait pensé en acheter un elle-même, avec son argent, mais se dit qu'elle achèterait un pain à la place, lui aussi terminé. Elle quitta l'appartement en saluant sa mère, sans ne rien dire de son plan. Aussitôt seule, Linda se leva et alla dans sa chambre. Elle se déshabilla et se coucha. Le sommeil prit vite le dessus. Les seuls moments qu'elle partageait avec sa famille étaient au déjeuner et au souper, et bien qu'épuisée, elle ne les aurait manqués pour rien au monde. Le temps passa jusqu'à midi, le réveil de Linda se mit à sonner de son cri strident. Elle se réveilla, dans un état second et ne comprenant pas. Elle était de ses gens qui n'entendaient pas le réveil, certes son bruit les extirpait du sommeil, mais ils n'y comprenaient quoi que ce soit avant quelques minutes. Toujours aussi fatiguée, elle se résout malgré tout à se lever. Elle devait se rendre à son second boulot pour une heure. Péniblement, elle souleva les couvertures et tituba jusqu'à la salle de bain. Elle releva ses cheveux qu'elle attacha en chignon, ouvrit les robinets de la douche et se dévêtit. Lorsque la buée envahit le miroir, Linda se glissa sous l'eau chaude qui la réveilla définitivement. Elle prit son temps pour se laver. Cette sensation agréable de chaleur qui nous emplit a quelque chose de rassurant et d'enveloppant. Elle se laissa masser par l'eau pendant au moins 20 bonnes minutes. Elle finit par en sortir pour se sécher au plus vite. Vêtue d'une simple serviette, elle retourna dans sa chambre pour s'habiller. Elle ouvrit la porte de sa garde-robe pour y découvrir une tonne de vêtements colorés. Linda avait un style bigarré qui pouvait apparaître aux yeux de plusieurs seulement de mauvais goût et vulgaire. Des camisoles de paillettes, des collants à carreaux, des motifs en fauve, des couleurs pastels et du doré, de l'argenté et du faux-velours faisaient partie de son prêt-à-porter habituel. Bref, elle ne passait pas inaperçue. Elle choisit une camisole échancrée bleue, avec des broderies argentées, une petite chemise en fausse soie bleu ciel et un jeans délavé. Ensuite, elle se maquilla d'un rouge à lèvres écarlate et d'un phare à paupières rose souligné par une ligne de crayon noir. Elle mit de grandes bottes de cuir noir et compléta le tout avec de grands anneaux aux oreilles et des bracelets clinquants en métal faux-or. Elle était fin prête à aller travailler, mais il était déjà une heure moins quart. Par chance, le salon de coiffure était à deux pas. Elle agrippa un fruit dans le panier de la cuisine et enfila son manteau en vitesse. Elle quitta à la hâte pour se rendre au boulot. Elle y arriva cinq minutes en retard, chose que sa patronne, madame Lafont ne remarqua pas. Madame Lafont était une vieille veuve, qui bien affublée d'un nom français, ne pouvait cacher ses origines mexicaines. Sa peau foncée indiquait à tous qu'elle avait des racines étrangères et son accent discret allait dans le même sens. Cependant, depuis le temps qu'elle vivait là, elle n'était plus une étrangère. La dame de 70 ans était une bonne patronne, elle aimait ses employées et les traitait comme ses enfants. Elle s'en occupait de manière couveuse, en prenant soin de chacun d'eux. Elle connaissait tout de la vie de Linda et de ses difficultés. Jamais, elle n'aurait pu disputer son employée quand elle était au courant que la femme faisait tout son possible pour subvenir à l'avenir de ses enfants. Au fond d'elle-même, elle la respectait grandement et l'affectionnait tout particulièrement. Quelques clientes habituées étaient là lorsque Linda arriva en coup de vent. Elle se hâtait pour reprendre ses quelques minutes de retard. Les autres coiffeuses, Mary et Louise la saluèrent suivies des autres clientes. Madame Lafont lui fit un petit sourire. Linda leur répondit aussi vite que possible pour se mettre au travail aussitôt. Elle regarda madame O'neil et lui dit.

— Ready mam, je vous attends.

La vieille femme se leva et alla s'asseoir sur son siège. Les deux se mirent aussitôt à papoter. Linda appréciait bien le lien qui pouvait s'établir avec les clientes régulières. Madame O'neil venait dans ce salon depuis bientôt 30 ans, bien avant que Linda ne commence à y travailler. Linda était SA coiffeuse depuis cinq ans et elle refusait qu'une autre touche à sa tête blanche cendrée et permanentée. Bien que le français n'était pas sa langue maternelle, madame O'neil faisait des efforts pour lui parler en français, même quand les mots lui manquaient....Lentement, mais sûrement, les clientes, et quelques clients parsemés ici et là, passèrent sur les bancs. Les cheveux tombaient, se teignaient et se frisaient. Madame Lafont faisait son horaire, lorsqu'une cliente quittait et lorsqu'une arrivait, elle en attitrait à une autre à chaque fille. De temps à temps, une cliente demandait UNE coiffeuse, madame Lafont les faisait patienter jusqu'à ce qu'elles soient libres. L'horloge avança, si bien que 6 heures sonnèrent. Les coiffeuses terminèrent leurs dernières clientes et on ferma la porte ensuite. Toutes s'affairèrent à nettoyer le salon pour le lendemain lorsque Linda regarda, inquiète, l'heure. Madame Lafont le vit bien, elle lui demanda.

— Linda, t'as un rendez-vous?

Linda acquiesça.

— Oui, à 7h30, je dois aller à l'école primaire de mes enfants, c'est la rencontre de parents.

Madame Lafont regarda Mary et Louise, et les deux lui lancèrent un regard complice.

— Vas-y querida, dit Lafont. On s'en occupe.

Linda leur sourit franchement et quitta à la hâte, il était déjà sept heures moins quart et la faim se faisait sentir. Elle marcha jusqu'à une petite pizzéria de quartier, tenue par un pakistanais et y entra. Elle commanda une pointe et une boisson gazeuse. Elle mangea en vitesse et reprit le chemin vers l'école primaire. Elle s'alluma une cigarette juste avant d'y arriver et le bâtonnet ne crépita que quelques instants avant de tomber dans une flaque d'eau grise et froide. Linda entra dans l'école pour arriver dans un grand hall. Elle fut tout de suite frappée par cette odeur typique des écoles primaires. Cette odeur de fraises synthétiques s'exhalant des gommes à effacer, de l'humidité des livres tournées mille fois et des enfants qui ont eu chaud dans leurs petites espadrilles aux motifs de Walt Disney. Elle eut l'impression, un court instant, de retomber dans sa propre enfance. Un vague souvenir, sans grande importante mais indélébile, enfoui dans chaque adulte...... Il n'y avait désormais plus d'enfants dans l'école, que des parents qui cherchaient le bon local où se rendre pour leur rencontre attitrée. Linda songea un instant qu'elle avait trois différentes classes à voir pour ses petits. Elle vit une masse de parents qui lisaient sur un immense panneau affiché pour l'occasion. Elle les rejoint pour chercher elle aussi. Elle dut chercher un instant dans sa mémoire le nom des différents enseignants qu'elle devait rencontrer ce soir-là. Sa mémoire lui faisait un peu défaut. Cela lui prit quelques minutes avant de se souvenir des trois noms, mais elle y parvint finalement. Elle irait voir l'enseignant de Kevin en premier, celui de Sarah ensuite et pour terminer celui de Simon....Sa première visite fut dans la classe de Jeanne Séguin, la vieille enseignante l'accueillit dans sa classe gentiment. Kevin, malgré ses petits écarts de comportements, avait globalement un bon rendement scolaire. La femme lui parla aussi des fréquents problèmes de concentration du garçon et partagea avec la mère, ses doutes d'hyperactivité du garçon. Linda n'osa pas, mais elle avait envie de lui dire que peut-être, le fait que les repas de Kevin, étaient peu consistants, aurait pu affecter sa concentration. Elle ne dit mot, et écouta tout sagement. Elle intervint aux seuls moments qu'elle jugea opportuns. La rencontre dura dix minutes avant que Linda reparte sur sa quête. Le second arrêt était celui de madame Fatima, l'enseignante de Sarah à peine plus loin. Linda s'y rendit, mais la femme était déjà avec d'autres parents. Trois chaises avaient été laissées près de la porte pour les parents désireux d'attendre. Linda prit un siège libre et attendit un bon quinze minutes avant que son tour ne vint. L'accent de la marocaine se fit entendre, l'appelant. Linda se leva et entra dans la classe. Les deux femmes se saluèrent et Linda prit un siège. Elles parlèrent de Sarah, de ses problèmes en mathématiques et... de ses problèmes de concentration. Linda répéta le même jeu, n'osant parler de ses problèmes. Madame Fatima lui demanda si elle pouvait aider sa fille avec ses devoirs de mathématiques, chose que Linda n'avait aucunement le temps de faire. Elle se mit à rougir lorsqu'elle lui confessa qu'elle n'avait pas le temps. Se sentant coupable, envers l'enseignante, mais aussi sa fille, elle lui dit qu'elle demanderait à sa plus âgée de voir ce qu'elle pouvait faire. L'idée que sa plus vieille en avait déjà beaucoup sur les bras pour son âge, lui traversa bien entendu l'esprit. Par contre, pouvait-elle faire autrement? Plus les entretiens avançaient, plus Linda ressentait sa pauvreté comme une tare. Elle n'était pas de ses gens qui pouvait payer des tuteurs privés à leurs enfants, ni de ceux qui avait une éducation parfaite leur permettant de compenser les lacunes et les difficultés. Chaque année, elle se rendait à ses rencontres pour se sentir plus mal à l'aise que jamais. Cependant, elle ne savait pas que les enseignants, loin d'être dupes et insensibles, apprenaient à connaître les parents à travers de leurs enfants. Nombre de parents ne venaient pas à ses rencontres, et ceux qui se déplaçaient, étaient la majorité du temps, parents d'enfants qui ne causaient pas problème dans les classes. Les parents qui avaient des enfants qui causaient véritablement problème, eux, ne se déplaçaient pas.... ou rarement. Madame Fatima, madame Séguin...et Monsieur David connaissaient Linda à travers ses enfants et ils savaient tous que la femme, bien que pauvre, était une mère aimante qui faisait son possible pour ses enfants, avec ce qu'elle avait. Linda n'aurait sans doute pas apprécié de savoir cela, mais tous, l'épargnèrent autant qu'ils purent. Après madame Fatima, suivait monsieur David, l'enseignant de Simon. Linda s'y rendit, un peu découragée. L'homme d'une vingtaine d'années, habillé beaucoup trop austère pour son âge, était seul dans sa classe, recevant peu de visites. Il sembla heureux de voir Linda lorsqu'elle cogna à sa porte, déjà ouverte. Il se leva, remonta ses lunettes sur le bout de son nez et vint lui serrer la main. Il l'invita à prendre un siège, chose que Linda fit. Il se présenta et entama la conversation. Malheureusement pour Linda, plusieurs points communs avec les autres rencontres, étaient toujours à l'ordre du jour. Il lui parla des difficultés de concentration du petit. Il demanda aussi à la mère si elle pouvait l'aider dans ses devoirs, chose à laquelle Linda ne pouvait répondre que la même chose que ce qu'elle avait dit à madame Fatima plus tôt. Non! Elle travaillait tous les jours de dix heures du soir à six heures du matin et d'une heure de l'après-midi à six heures le soir. Il fallait bien qu'elle dorme et qu'elle mange. Néanmoins, ces arguments valables, ne pesaient guère pour elle. Elle se sentit encore mal.... un peu plus. Lorsque vint le moment de partir, Linda se souvint du camp de hockey et, alors qu'elle se levait, se rassit.

— Oh oui... j'allais oublier, Simon arrête pas de me parler du camp de hockey. Il commence quand déjà?

Monsieur David chercha un instant dans ses papiers, ne connaissant pas les informations par cœur. Il finit par trouver la feuille et la lut rapidement.

— Ça commence le 17.

Linda voulait en savoir plus, elle posa quelques questions.

— Chus tellement contente de m'en avoir rappelé, Simon me casse les oreilles avec ça depuis un mois. Dit-elle, véritablement heureuse de s'en être souvenue.

— C'est combien? Demanda-t-elle.

Le prof lit un peu plus bas sur la feuille et se mit à énumérer les frais.

— L'inscription est de 150$, après il faut acheter l'équipement et....

Linda était restée bouche bée sur les 150$! Elle écoutait à peine la liste de frais qui était énumérée. Elle avait bien économisé un peu, sachant que le camp ne pouvait être gratuit, mais jamais elle n'avait songé une seconde que seulement l'inscription pouvait coûter aussi chère. Alors que son cœur accélérait, elle se sentit chancelante assise, chose que David ne remarqua pas, trop occupé à parler du camp maintenant qu'il y pensait. Elle ne le regardait même plus. Se sentant horriblement mal à l'aise, et coupable comme cent envers son fils, de grosses larmes se mirent à rouler dans ses yeux. Elle ne pouvait pas lui payer ce camp, c'était tout simplement en dehors de ses moyens. Ce fut alors qu'elle pensa à la déception qu'elle lui ferait en le lui disant. Et lui vint à l'esprit toutes les parties et entraînements dont parleraient les camarades de classe de Simon qui le feraient souffrir encore un peu plus. Après une soirée éprouvante, les larmes envahirent ses yeux et coulèrent. Là, monsieur David le vit bien et vint aussi mal à l'aise que Linda, pour une raison bien différente. Un court instant, qui parut en durer mille pour l'enseignant, le silence se fit maître. L'homme, rougissant aussi, se décida à briser se silence morbide.

— Madame Rioux, ça va pas? Demanda-t-il, .

Linda se cacha le visage dans les mains et se mit à pleurer vraiment cette fois. Elle n'arrivait plus à étouffer ses sanglots ce qui attira même l'attention de quelques parents qui attendaient dans le corridor. Monsieur David, très inquiet de voir une mère dans cet état, ne savait guère que faire.

— Mais voyons, madame Rioux, qu'est-ce qui se passe?

Elle releva son visage pour montrer son visage pitoyable, son phare à paupière et son crayon avaient coulé et laissaient de grosses marques sur son visage, tout imbibé de larmes. Il lui tendit un mouchoir qu'elle prit, tout en continuant de pleurer. Elle dit, à mi-voix.

— J'peux pas.....

N'ayant pas bien compris, monsieur David la fit répéter.

— J'peux pas..... c'est trop cher, j'peux pas payer ça.... dit-elle, tout en se mouchant.

Linda n'osait pas le regarder, honteuse. Elle dit, tout en tordant le mouchoir de ses mains.

— Merci monsieur Tremblay, j'vas y aller asteure.

Alors qu'elle s'apprêtait à se lever, monsieur David, tout peiné et plein de compassion, l'invita à attendre un instant. Il était encore mal à l'aise, certes, mais la détresse de la femme le touchait profondément. Les enseignants travaillent avec les gens et ne sont pas des robots, c'est d'ailleurs pour ça qu'ils ont choisi cette profession ingrate. Il ne savait pas vraiment comment faire, surtout qu'en fait, il n'aurait pas dû, mais se décida à le faire. Il se mit à parler, en bafouillant.

— C'est vraiment important pour Simon ce camp hein?

Elle acquiesça, les joues encore trempées. Son malaise grandit encore.

— Ben, voyez....on n'est pas censé... faire des choses comme ça.... mais, si vous voulez bien, je vais..... je vais lui payer moi.

Linda ne comprit pas tout de suite. Elle le mira d'un air si étrange, que le malaise de monsieur David crut encore.

— Quoi? Demanda-t-elle, incrédule.

Pensant qu'il avait offusqué, l'homme se confondit en excuses.

— Écoutez, si vous voulez pas, ça va hein? Je veux pas vous insulter surtout....

Linda, commençant à comprendre, vint les yeux encore plein d'eau, cette fois-ci, pour une raison bien différente.

— Non, non, attends....

Elle le regarda, si profondément touchée, qu'elle n'arrivait pas à dissimuler cette émotion forte. Monsieur David vint si mal à l'aise qu'il ne savait plus où se mettre.

— T'es prêt à payer le camp pour mon gars? Demanda-t-elle, la voix étouffée par l'émotion qui l'envahissait.

Il hocha de la tête, le visage tout rouge. Linda cacha sa bouche de sa main et son visage se crispa encore. C'était impossible, incroyable. Il y avait si longtemps que quelqu'un avait été bon, juste bon, et gentil envers elle et sa famille qu'elle se sentit étrangement bien et soulagée. Elle se remit à pleurer de plus bel.

— Ça se peut pas.... dit-elle à trois reprises.

La tension était palpable, elle se mit à hocher de la tête avant de dire.

— Oh mon dieux...il faut que je vous embrasse, dit-elle, n'arrivant nullement à se contenir.

L'homme, ne comprit pas bien et dit, surpris, presque apeuré.

— Hein?

Elle se leva et alla de l'autre côté du bureau, elle l'obligea littéralement à se lever en le prenant par les épaules et lui donna deux gros becs mouillés sur les joues en le regardant, les yeux emplis de reconnaissance.

— T'sais, j'pensais pas qu'il y avait encore du bon monde dans c'te bas monde, mais oui! Dit-elle, la voix aiguisée par cette palpitation sincère et heureuse.

L'homme comprit lentement, et sourit, encore un peu mal à l'aise. Se sentant redevante, elle lui dit, comme pour se racheter.

— Hey...pour ça, j'te coupe les cheveux gratis toute l'année ok?

Monsieur David vit bien qu'elle ne pouvait accepter un geste de compassion aussi facilement, il sourit franchement et hocha de la tête, en signe d'approbation. Linda, toujours émue, lui dit.

— Oh, encore un.

Elle l'embrassa de nouveau et lui tapota l'épaule, ne croyant pas à ce qui venait de se passer. La gentillesse gratuite ne lui était pas souvent arrivée et elle se sentait bénie en ce moment précis. Comme si une bonne étoile veillait sur elle et sa famille qui s'était manifestée en l'image d'un enseignant de primaire. Son cœur était si plein de reconnaissance, qu'elle n'arrivait pas à arrêter ses larmes de couler. L'homme se sentit lentement mieux, comprenant la situation. Alors qu'elle allait partir, elle le regarda de nouveau et refit son offre.

— Oublie pas hein, j'te coupe les cheveux toute l'année gratis!, dit-elle, en le pointant du doigt.

L'homme sourit et la salua. Elle sortit, les joues trempées de larmes et marcha lentement, la tête dans les nuages, sous le regard ahuri de quelques parents qui ne savaient rien de ce qui s'était passé mais l'ayant entendu pleurer. Elle flottait, arrivée dehors, elle ne songea même pas à s'allumer une cigarette alors qu'elle marchait, machinalement vers sa maison. Un petit sourire béat se dessinait sur son visage, si naturel et sincère, qu'elle n'aurait pas réussi à l'effacer, même si elle l'avait souhaité. Lorsqu'elle entra dans son appartement, elle tomba sur Julie qui faisait ses devoirs dans la cuisine, les petits étant déjà couchés. La fille vit bien que sa mère n'était pas dans son état normal, et se leva, inquiète. Elle s'approcha de sa mère et dit, la voix angoissée.

— M'man, c'est qu'il y a?

Sa mère la prit par les épaules et la regarda profondément. Elle dit, la voix coupée.

— Rien ma fille, il y a rien.

Elle l'enlaça si fort que Julie eut un peu de difficultés à respirer. Toujours dans le noir, la jeune adolescente regarda sa mère, essayant de la scruter, de la lire mais n'y arrivait pas, ne l'ayant jamais vu ainsi. Linda regarda sa fille, et le nez encore humide, joua dans ses longs cheveux ondulés avant de lui dire.

— Le sais-tu comme t'es belle Julie?

La fille vint vite mal à l'aise, le regard de sa mère était si profond, si intense, si aimant, que la fille ne put le soutenir sans rougir. Elle s'en défendit.

— M'man... arrête.....

La mère fit signe de la tête que non.

— Non pitoune, t'es magnifique et t'as pas idée....à quel point, je t'aime.

Linda réussit à extirper un sourire à l'adolescente désormais rouge, le regard bas, gênée.

Linda la reprit dans des bras et la serra fort. L'adolescente, fière, s'abandonna malgré tout, devant cette preuve d'affection si sincère, sortant de nulle part. Julie eut quelques larmes qui roulèrent dans ses yeux aussi mais elle les retint. Ses frères et sa sœur lui causaient bien des soucis, et l'embêtaient souvent, mais elle savait, au fond d'elle-même, que sa mère était plus que reconnaissante envers elle. La jeune fille savait que son utilité était bien plus que matérielle, elle était la pierre angulaire qui soutenait Linda contre vents et marées. Elles se séparèrent pour se regarder encore. Linda flatta l'épaule de sa fille avant de lui dire.

— Awoye, va faire tes devoirs ma grande.

Touchée par cette soudaine émotivité de sa mère, la fille obéit sans mot dire. Linda marcha lentement vers la chambre de ses enfants. Elle y entra et s'assit sur le coin du petit lit de Kevin qui dormait. Elle le regarda tendrement et souleva une mèche de cheveux qui était sur son front. Elle l'embrassa sur la joue, les yeux humides encore. Ensuite, elle alla sur le coin du lit de Sarah et s'y assit aussi. La petite dormait, en tenant contre elle un petit ours en peluche. Linda la regarda avec la même tendresse que pour Kevin. Elle effleura sa joue avant de l'embrasser aussi. Elle se releva et se dirigea vers le lit du petit Simon. Elle s'y assit et le regarda un court instant. Le petit se réveilla et frotta ses petits yeux de ses petits poings. Linda flatta son ventre et lui sourit. Le petit, somnolent lui dit.

— M'man.... t'as vu monsieur David. Demanda-t-il.

Elle hocha de la tête en souriant, ne pouvant plus retenir ses larmes de couler.

— Pis le camp de hockey? Demanda-t-il.

Elle lui parla au creux de l'oreille, pour ne pas réveiller les deux autres.

— Va falloir que tu t'entraînes fort parce qu'on va aller te voir à toutes tes parties mon grand.

Alors qu'elle s'éloigna pour le voir, le petit lui fit un large sourire et se colla contre elle fortement. La femme le serra aussi fort. Lorsqu'ils se séparèrent, elle secoua ses cheveux fins en lui souriant, chose que le petit lui rendait autant. Elle l'embrassa sur le front avant de lui susurrer.

— Fais de beaux rêves mon grand, j't'aime fort.

Le petit lui sourit encore avant de se recoucher. Linda se releva et marcha lentement vers la porte. Elle s'y arrêta avant de se retourner pour regarder ses petits dormir. Le cœur gros, avant de quitter, elle songea un instant à quel point elle les aimait.

Linda se rendit dans sa chambre, chercher son uniforme de serveuse et retourna dans la cuisine. Avant de quitter, elle salua Julie et les deux s'échangèrent un large sourire. Linda sortit de son appartement et se mit à arpenter lentement les rues de Verdun, en direction de La patate souriante. Elle marchait lentement, profitant de chaque inspiration, le cœur léger. Elle se sentait portée, soulagée d'un poids lourd qu'elle portait depuis des années. Tant de gens l'avait blessée, abandonnée et ce jour-là, ce qu'on pourrait qualifier d'un pur étranger, lui avait offert un cadeau qui valait bien plus que quelconque argent. Elle ne mit pas le doigt dessus immédiatement, mais monsieur David lui avait redonné quelque chose qu'elle avait perdu depuis longtemps..... de l'espoir.

Elle arriva au restaurant quinze minutes avant le début de son travail. Pleine de joie, elle se changea tout de suite et se mit à travailler. Ses collègues se rendirent bien compte qu'elle avait un air différent, pour ne pas dire bizarre. Toutes le lui firent remarquer, ce à quoi à Linda ne fit pas grande attention et se défendit à peine. Elle flottait sur un nuage dont seule le temps réussirait à l'en descendre. Vers onze heures quarante-cinq, Georges arriva, un peu plus tôt que prévu. Il s'assit et Linda vint tout de suite lui répondre.

— Hey Georges, dit-elle.

L'homme la salua mais vit tout de suite qu'elle n'était pas dans son état normal. Il lui sourit mais ne dit rien sur le moment, il commanda un club sandwich comme d'habitude. Linda se rendit en cuisine et fit préparer la commande. Quelques minutes plus tard, ledit sandwich et les frites étaient fin prêts à être servis. Linda les prit et se dirigea vers la table de Georges, le sourire aux lèvres.

Alors qu'elle le servait, l'homme décida de percer l'aura mystérieux qui enveloppait la femme ce soir-là.

— Mais voyons ma belle Linda. T'es pas comme d'habitude, on dirait que t'as vu un ange.

La femme lui sourit sincèrement, il ne savait pas à quel point il avait vu juste.

— Oh mais mon cher Georges, les anges existent.... vraiment. Dit-elle, encore émue.

Elle se retourna pour regarder à l'extérieur. Quelques flocons tombaient dans la rue, sous la lumière fade des lampadaires. Linda sourit encore.

Minuit sonna.

Jeudi ou Louis

Ce matin-là, le réveil sonnait depuis bientôt quinze minutes avant que Louis ne se décida à l'arrêter. Il étira péniblement le bras pour appuyer sur le large bouton gris de la machine électronique. Son visage menu, sortait à peine des couvertures, mais quiconque aurait été présent, aurait pu voir ses larges cernes mauves creusées par la répétition du manque de sommeil. L'homme de 38 ans s'assit sur son lit, vêtu d'un simple boxer. Il resta là un long moment, sans bouger, ayant peine à penser. Il avait tant de difficultés à s'endormir... et autant à se réveiller. Il était déjà sept heures et demie. Il devait se hâter car il commençait à travailler à neuf heures. Il soupira un instant, aucunement motivé et plus que tout tenté à se recoucher. Il hésita un court instant, mais sa raison gagna sur son envie. Il ne pouvait pas vraiment se permettre de manquer un jour de travail....encore. Il s'absentait de plus en plus de son emploi, chose que son patron avait bien entendu soulevée lors de la dernière réunion du mardi. Le trentenaire se leva avec peine et tituba jusqu'à sa salle de bain. Il alluma la lumière pour tomber face à face avec un visage en piteux états. Ses cernes étaient si larges, profondes et foncées qu'il faisait peur. Avouons, que le fait qu'il ne se rasait pas régulièrement ajoutait à l'impression. Il était si maigre et son teint n'inspirait pas la santé. Il balaya du regard le lavabo à la recherche de sa brosse à dent. Il ne put s'empêcher de voir le flacon d'antidépresseurs dans un coin. Il ne les prenait plus depuis déjà quelques mois, n'ayant vu aucun effets bénéfiques en sortir. Il y avait bientôt deux ans que le divorce avait été prononcé et que ce sentiment de tristesse latent, pesant et grugeant l'avait envahi. Son médecin lui avait diagnostiqué une dépression majeure et lui avait même conseillé de se mettre en congé maladie. Son dernier employeur n'avait pas apprécié. Il avait trouvé une bonne excuse pour le congédier, raison factice dont il ne se souvenait plus. Avec une pension alimentaire assez salée dont il devait s'acquitter, il dût se retrouver un nouvel emploi aussitôt. Il travaillait maintenant comme comptable dans une compagnie dont il se foutait totalement. Cependant, il se sentait obligé de travailler. Tout cela, avait comme seule et unique motivation, un adolescent de quatorze ans, nommé Maxime, qu'il voyait une fin de semaine sur deux. Le jeune était sa seule source de joie, bien qu'il ne paraissait pas terriblement emballé à l'idée d'aller chez son père, surtout, vu son état. Pourtant, c'étaient les seuls moments où Louis se sentait un peu soulagé, épargné. Ce fut alors qu'il se souvint du prononcé du divorce et de toutes les conséquences qui en suivirent. Isabelle avait tout obtenu, la maison à Longueil (qu'elle avait vendue trois mois plus tard), une pension alimentaire qui lui bouffait la moitié de son salaire (auparavant bien rémunéré, il avait dû se serrer la ceinture au point de vivre dans un appartement et de recommencer à prendre le métro).... et la garde quasi-exclusive de leur fils. Mais tout ça, n'égalait en rien le trou béant qu'il avait dans sa poitrine. Sa naïveté ne lui avait pas permis de voir que sa femme était malheureuse. Lorsqu'elle lui annonça qu'elle voulait divorcer, il eut l'impression qu'on lui avait donné un coup de batte de baseball en plein front. Sa vie allait si bien, il ne comprit pas ni ne comprenait non plus. Sa famille et ses amis avaient bien tenté de le soutenir, mais il en était à un point, où il s'était éloigné de tous.... pour mieux se renfrogner. Ce fut alors, qu'il ressentit cette colère à nouveau. Elle était si grande, si forte, il se mit à trembler, la gorge nouée, et ouvrit le robinet pour s'asperger le visage. Depuis quelques temps, ce sentiment l'emplissait à un point tel qu'il pensait devenir fou! Il se calma, respira profondément et alla s'habiller.... sans s'être brossé les dents. Il enfila une chemise propre et la boutonna mécaniquement. Il mit ensuite des bas noirs ainsi qu'un pantalon de même couleur. Dans sa garde-robe, il agrippa une cravate qu'il noua en mouvement habitué. Il prit une veste assortie, mit ses souliers vernis et se dirigea vers la cuisine. Horriblement fatigué, il se fit un café instantané et grignota un vieux croissant sec qui traînait dans le fond de son frigo. Il mangea sans envie, sans plaisir, parce que le corps le demande. Il était fin prêt à partir au travail, autant que possible dans son état. Il chercha un instant ses clés, posées sur une table à café, et sa mallette, adossée à cette dernière. Comme le mois de novembre avançait et qu'il faisait de plus en plus froid, il mit son grand manteau gris et prit aussi un parapluie, au cas où. Alors qu'il allait quitter, il considéra un moment son cinq et demi. Ce n'était pas qu'il était petit, l'argent qui lui restait lui permettait tout de même un niveau de vie plus que décent, mais il lui sembla, que tout manquait quand même. Ce fut alors qu'il ressentit encore cette colère, cette amertume. Ses yeux se posèrent sur sa table à café, là même où étaient posées ses clés et sa mallette. Il la fixa.... La noirceur l'emplissait encore un peu plus lorsqu'il détourna le regard et quitta. Il se mit à marcher dans les rues humides de Montréal, en direction du métro Préfontaine. Il faisait frais ce matin-là, il se remercia d'avoir mis son imper. Il descendit les quelques marches menant au métro et attendit ce dernier, direction Angrignon. Les wagons firent entendre de leur son si caractéristique, et arrivèrent en trombe. Il monta dans le plus proche et trouva même une place où s'asseoir. Il devait descendre à Mcgill, il avait encore un bon moment à attendre. Un petit de cinq ans, dans les bras de sa mère l'aperçut et le fixa. Alors qu'il rêvassait, il tomba sur les yeux du petit bonhomme, qui le regardait, intensément, les sourcils froncés. Aimant les enfants, il lui fit un petit sourire. Le petit ne répondit pas et se contenta de tourner la tête. En fait, la pâleur de Louis, ses cernes et sa barbe hirsute l'effrayaient plus que d'autre chose. Le métro avança et les gens montaient et descendaient jusqu'à ce que le tour de Louis arrive. Il se leva et descendit, ainsi que quelques utilisateurs universitaires du métro. Ils prirent malgré tout des chemins divergents. Louis arriva en face de l'immense building en verre et jeta un coup d'œil à sa montre. Neuf heures moins dix, ça allait encore.... La compagnie Norborg était son nouvel employeur et ce depuis presque un an. Le fondateur et patron de la compagnie, Andy Angelopoulos le second, un grec d'origine, s'était spécialisé dans les importations et les exportations de produits divers. Louis travaillait à la comptabilité et vue son expérience de quinze ans pour Motoroka, il avait vite décroché l'emploi. La compagnie était située au dixième étage du 1502 Mcgill college. Louis y entra et se dirigea vers les ascenseurs où s'étaient massés quelques autres travailleurs. Il attendit avec eux, entra avec eux et descendit seul à son étage. En sortant, il tomba sur Andrée, la réceptionniste de la compagnie, une dame de soixante ans qui avait presque élevé Angelopoulos. Elle répondait à un coup de fil mais lui sourit tout de même et le salua de la main. Louis lui répondit en silence et se dirigea vers on bureau. La femme le regarda partir, sachant très bien, que cet homme-là n'allait pas bien..... mais que pouvait-elle y faire? Lorsqu'il entra dans son bureau, il tomba sur son adjointe, Manon Lemieux, une jeune de 23 ans, ambitieuse et zélée, qui ne manqua pas de lui faire remarquer l'heure tardive à laquelle il arrivait. Il ne broncha pas. Alors qu'elle le bombardait d'informations qui lui rentraient par une oreille et sortaient de l'autre, elle s'arrêta pour lui dire, découragée.

— T'aurais pu te raser au moins.... on rencontre monsieur Yakamoto ce matin.

Louis n'y avait même pensé. En fait, il avait oublié depuis longtemps. Monsieur Yakomoto était un potentiel client de la compagnie pour l'importation de ses produits électroniques (de petits ventilateurs lumineux et des portes-clé eux aussi lumineux) au Canada et aux États-Unis. Le département comptabilité devait présenter ses prix et les bénéfices potentiels pour l'homme côté monétaire. Celui marketing s'occuperait de la pub et celui de transport, de la manutention et de la distribution chez.....le Royaume du dollar...... Alors que la jeune femme paniquait, lui, gardait son sang froid et ce pour plusieurs raisons. La première, il se foutait de tout. La seconde, Motoroka, était une compagnie de plus grande envergure et beaucoup plus imposante. Il avait traité des dossiers plus lourds et stressants. Même non préparé, il se sentait capable de faire son petit discours et de se montrer convainquant. Au pire, Manon se chargerait de faire l'exposé et de monter dans l'échelle sociale. La rencontre était prévue pour neuf heures et demie. Toute la petite compagnie fourmillait et courait dans tous les sens. Monsieur Angelopoulos vint voir ses employés qui s'étaient réunis dans l'entrée pour leur lancer un mot de motivation de son accent cassé. Alors que tous l'écoutaient, Louis flottait au-dessus de tout ça. Il n'écoutait que des bribes sans comprendre. Il songeait à sa famille et à comment il détestait cet emploi. Monsieur Yakamoto arriva, accompagné de trois sbires, on se serra la main et se dirigea vers la salle de conférence. On commença par se faire des salutations de base et à parler sommairement du voyage des invités japonais. La conférence débuta et monsieur Angelopoulos fit tout pour vendre sa compagnie. Il laissa ensuite la parole au secteur des transports. Louis n'écoutait rien de tout cela. Il était partagé entre son devoir et cette obsession. Tout lui semblait si illusoire, que cette rencontre lui apparaissait d'une futilité aberrante. Il n'avait absolument rien à foutre de la pacotille de ce japonais. Il ne pensait qu'à une chose, son divorce! Le temps s'écoulait et le secteur marketing fit sa présentation. La sienne arrivait, et étrangement, il ne se sentait aucunement capable de la faire. Il se mit à respirer fortement, chose que Manon remarqua. Elle lui susurra.

— Ça va pas?

Il tenta de parler, mais tout ce qui sortait de sa bouche étaient paroles confuses et excuses étranges. Manon lui toucha la main pour tenter de le calmer et sentit que ses mains étaient d'une moiteur malsaine. Lorsque Denis termina sa présentation et que monsieur Angelopoulos commença à annoncer la présentation de Louis, ce dernier dit au creux de l'oreille de Manon.

— J'peux pas le faire. Fais-le toi. Dit-il en se levant sous les yeux surpris de tous ses collègues, encore plus d'Angelopoulos et celui curieux des invités japonais. Il s'excusa bêtement en anglais et quitta la salle. Alors qu'il allait vers les toilettes, il entendit Angelopoulos présenter Manon et cette dernière commencer sa présentation. Louis suait à grosse goûte. Il marcha rapidement pour s'enfermer dans les toilettes des hommes sans voir qu'Andrée l'avait vu quitter. La femme s'inquiéta tout de suite.... non pas de la rencontre, mais plutôt de l'homme qu'elle affectionnait comme son fils. Louis posa ses deux mains sur le lavabo et se regarda dans le miroir. Toute sa colère le remplit de nouveau au point qu'il étouffait. Il avait chaud, horriblement chaud et son cœur battait si vite qu'il lui faisait mal et l'empêchait de bien respirer. Ses oreilles se mirent à bourdonner d'un vrombissement sourd et grave. La colère fit bientôt place à l'angoisse. Il devint terrorisé et crispé. Il lui sembla que la pièce bougeait toute seule et que son reflet devenait flou. Ce fut alors qu'Andrée entra et le sortit de sa démence.

— Louis? Dit-elle, anxieuse, le voyant se fixer.

Il se retourna en sursautant et dit.

— Hein? Quoi? Excuse-moi. Dit-il, confus.

— Tu m'as fait peur! Dit-il.

Les yeux en peine, ce qu'il vit bien, elle dit.

— Ça va?

L'homme, tout de même fier, hocha de la tête et mentit. Andrée ne se laissa pas berner, par contre, elle ne savait pas quoi faire.

— Ben oui, pourquoi? Demanda-t-il.

Elle s'approcha de lui et toucha son bras.

— T'es sûr? Demanda-t-elle.

Il y avait si longtemps que quelqu'un l'avait touché, que ce mouvement lui parut particulièrement bizarre et il eut un mouvement de recul, comme de dégoût. Non pas d'elle, mais qu'on le touche lui! Mal à l'aise, il bafouilla.

— Ben.... ben oui. Ça va. T'inquiète pas.
Alors qu'il s'apprêtait à sortir, elle l'arrêta et plongea ses yeux inquiets dans ceux fous de Louis.

— Hey. Si ça va pas, tu sais que tu peux compter sur moi hein?

L'agression revenait encore, il la regarda péniblement et hocha de la tête en acquiesçant. Il se hâta de sortir, ne la laissant pas sans inquiétudes. Il marcha directement vers son bureau où il s'enferma. Il s'assit dans sa chaise de cuir noir teint et regarda par la fenêtre, la vue de la ville qui s'offrait à lui. Étrangement, il ne voyait rien. Seul ce sentiment de colère et d'angoisse l'emplissait tout en l'effrayant. La terre aurait pu s'ouvrir en deux qu'il ne l'aurait pas vu. Ce n'était pas tant le sentiment qui l'effrayait, que l'idée qui germait dans sa tête. Plus il y pensait, plus il lui semblait que tout s'éclaircissait dans une horrible vérité cruelle et sombre, sortie des âges. Elle lui semblait hors du temps, universelle et terrible. Alors qu'il grignotait mécaniquement ses ongles, Manon entra brusquement dans son bureau.

— Hey! Dit-elle, fortement, en claquant la porte derrière elle et le sortant de ses songes sombres.

— C'était quoi ça? Demanda-t-elle d'une voix criarde et aiguë, presque oppressante, se croisant les bras, furieuse.

Le regard perdu qu'il lui lança ne la calma pas, au contraire.

— Je me suis tapée toute seule la présentation mon grand. J'ai bien cherché dans tes papiers, mais juste pour me rendre compte que t'avais rien préparé! Une chance que je sais bien improviser parce qu'on aurait été dans la marde jusqu'au cou, je sais pas si t'as une idée....

Ce fut alors qu'elle se tut. Il la regardait d'un air penaud, totalement perdu et ne comprenant rien à ce qu'elle lui disait. Elle savait bien qu'il n'allait pas bien, mais ce jour-là, sa volonté de fer indestructible qui voulait tant réussir s'attendrit. Elle s'approcha de lui, cessant de le disputer alors qu'il s'accouda sur son bureau. Il se prit le front avec les mains et étira son visage livide et grisâtre, le rendant horriblement laid, lui, qu'il ne l'était pas pourtant. Son expression flou de grimace pincée contrastait avec ses cernes mauves et bleutées et le faisait ressembler à un cadavre. Rendue devant son bureau, elle adoucit sa voix pour lui dire.

— Louis, t'es sûr que ça va? Dit-elle, presque inquiète.

Il hocha de la tête, lui disant oui. Pour la première fois depuis qu'ils se connaissaient, elle ne le crut pas. Alors qu'elle allait lui dire ne pas le croire, Angelopoulos entra dans le bureau et dit, anxieux.

— Louis, je voudrais te parler s'il te plaît.

Louis lui lança un regard suppliant, mais acquiesça. Il se leva et se dirigea vers la porte, sous le regard ahuri de Manon. Il allait sortir mais s'arrêta. Alors qu'il ouvrait la porte, il la regarda et lui dit.

— Je suis désolé Manon. Vraiment, mais tu sais, il y a pas que la job dans la vie. Dit-il avant de la laisser seule, sans autre explication.

Lorsqu'il ferma la porte, il vit que tous ses collègues le regardaient d'un air sympathisant, mais aussi mal à l'aise. On n'osait pas le regarder, pas après la bourde qu'il venait de faire. Le couloir n'était pas si long, mais sous les regards intenses des autres, il lui parut durer plus qu'une éternité. Il cogna à la porte d'Angelopoulos, plus par politesse que d'autre chose, puisque ce dernier l'y attendait. Il entra, doucement et referma la porte tout aussi doucement derrière lui. Son patron avait un air grave qui n'avait rien pour le rassurer. Il désigna la chaise devant lui pour que Louis s'y asseye, chose qu'il fit. Monsieur Angelopoulos semblait mal à l'aise, et il hésita avant de parler. Il le regardait avec un air de chien battu que Louis n'avait vu jusqu'à lors, dans les yeux de sa famille et ceux d'Andrée. L'homme baissa les yeux, n'osant affronter ceux de son patron, redoutant ce qui allait suivre.

— Hey man, what's goin on here? C'est qui se passe? Demanda Andy.

Louis ne savait que dire, ou plutôt, par où commencer. Le vieux grec le regarda intensément, ce qui mit Louis encore plus à l'aise.

— Ce qui est arrivé tantôt Louis, c'est... juste pas acceptable.

Ce qu'il redoutait semblait devenir réel à chaque parole de son patron.

— Sais-tu qu'on aurait pu perdre c'te client là? Que c'est Manon qui nous a sauvé le contrat, si ça t'intéresse au fond.... dit l'homme.

Louis, qui une heure auparavant, se foutait totalement de son emploi, commença à vraiment s'inquiéter. Andy renchérit.

— Une chance qu'elle est bonne.

Louis se sentait comme un enfant qu'on réprimandait, aurait-il pu les blâmer au fond? Andy continua son discours.

— You know, les retards, les absence, I can deal with that. Mais ça.... j'pourrais te congédier pour ça man. Dit l'homme, l'air grave.

Déjà sa vie était cauchemardesque, là, les choses devenaient une torture, Angelopoulos allait le virer! Mais la vie a de ses surprises qu'on ne pourrait prévoir.

— Mais je le ferai pas. Dit Andy.

— T'es un bon jack mon Louis. On le sait tous ici. Pis au fond, ce serait trop facile. Dit-il se levant allant se servir un verre d'eau.

Il en offrit un à Louis, qui déclina son offre silencieusement. Andy s'en servit un et revint s'asseoir.

— Tu sais, quand mon père est arrivé de Grèce, à dix-sept ans, il a fait tout de sorte de job de merde... real shitty, I'm tellin you. Pis il s'est fait mettre dehors pour des conneries. Quand il a monté sa businnes, il s'est toujours promis d'être bon avec ses employés. Il m'a appris ça. On est des humains my friend, pas des machines. Je vais pas te mettre dehors, mais plutôt te donner des vacances mon Louis, pour que tu y voies un peu plus clair. Va-t'en dans le sud, je sais pas, profites-en pour régler tes problèmes.

Bizarrement, Louis ne fut pas tout à fait soulagé de cette annonce, il lui sembla que son emploi était un moyen de s'éloigner de ses problèmes, de se détacher de tout. Il n'avait pas les moyens de partir dans le sud et en plus, qu'est-ce qu'il y aurait fait? Il se mit à paniquer, comme si on l'avait piqué avec des milliers d'aiguilles à la fois, des pieds à la tête. Il devint rouge, le sang lui montant à la tête, il bafouilla.

— Mais.... mais... non, s'il vous plaît.... non. La job c'est tout ce qui me reste...

Angelopoulos ne voulait rien entendre. Il lui fit signe de la main de se taire.

— I don't want to know. Prends une semaine, deux..... un mois, I don't care. Mais règle tes problèmes avant de revenir. Je veux ravoir le Louis que j'ai engagé in first place. Manon va te remplacer pendant ce temps-là.

Louis n'avait déjà plus la force de lutter. Déjà la vie lui était dure, et semblait être une bataille interminable, mais là, c'était le bouquet! Il était au bord des larmes, mais se retint, tant bien que mal. Il fit une moue amère, sans regarder son patron et se leva. Il sortit du bureau lentement et ferma la porte tout autant. Tous ses collègues firent semblant de ne pas le regarder, mais lui jetaient des regards furtifs, cherchant à savoir ce qui s'était passé. Louis, les épaules basses, garda les yeux au sol et marcha jusqu'à l'ascenseur. Andrée le vit arriver tandis qu'elle répondait à un appel. Louis appuya sur le bouton appelant un transport. Andrée se doutait bien que l'entretien avec Angelopoulos avait ébranlé l'homme et elle voulait plus que tout lui parler, son gros cœur de mère étant préoccupée. Elle termina son appel, à la hâte, en même temps que les portes de l'ascenseur s'ouvrirent. Alors qu'elle raccrocha, Louis inclina un peu la tête vers elle, pour lui montrer deux grosses larmes rouler sur ses joues, le visage crispé. Il ne la craignait pas, elle était de loin, l'un des seuls visages qu'il aimait dans cette compagnie, mais elle ne pouvait rien pour lui selon lui. Il entra dans l'ascenseur alors qu'elle se levait et se dirigeait vers lui. La femme inquiétée plus que jamais, lui disait, la voix suppliante.

— Attends Louis...attends.

Les portes se refermèrent sur cela.

Louis se retrouva au rez-de-chaussée, avec un sentiment amer dans la gorge. Il marcha vers la sortie, et arrivé dehors, épuisé au plus haut point, décida de prendre un taxi, n'ayant aucune envie de se taper le métro. Il avait presque été congédié, tout son monde semblait s'effondrer autour de lui et tout ce qu'il faisait n'était d'aucun recours. Il hâla un taxi et vitement un s'arrêta. Il y monta et murmura son adresse au chauffeur, qui après l'avoir fait répété, se mit en route. Lorsque la voiture s'immobilisa devant son immeuble, quelques minutes plus tard, il sortit quelques billets de son porte-monnaie et les tendit au chauffeur qui les prit. Il n'attendit même pas sa monnaie et sortit pour entrer au plus vite chez lui, sous le regard surpris de l'homme. En entrant chez lui, il referma la porte et traça directement à sa chambre pour se laisser tomber dans son lit. Là, il sombra dans un sommeil qui n'eut rien de réparateur. Le cauchemar prenait désormais toute la place et les ténèbres éteignaient tout ce qui avait pu être beau dans sa vie. La lumière faiblissait peu à peu.....

Lorsqu'il se réveilla, il était presque six heures. Aussi épuisé que quelques heures plus tôt, il se leva, n'ayant envie que d'une chose, se soûler à mort. La chemise entrouverte et la cravate étirée, il ne prit même pas de manteau pour affronter la fraîcheur du soir. Il sortit et se dirigea vers un petit bar miteux de quartier, sans voir son répondeur, inondé d'appels non répondus et de messages inquiets provenant d'une certaine dame, qui malheureusement pour elle, ne savait pas où il habitait..... Il y entra pour retrouver cette odeur si commune de désinfectant bon marché, sans doute importé par sa compagnie. Il y avait quelques clients, tous des hommes, et la barmaid, une femme teinte en platine, au maquillage trop gothique pour l'endroit. Il s'assit au bar et commanda une bière. Le petit bar de style western était tout de brun décoré et quelques néons faisant la promotion de marques diverses de bières habillaient les mûrs. Une télé suspendue, syntonisant le canal des sports, criaient des informations variées sur le hockey, le football américain et d'autres choses dont Louis se foutait éperdument. Il avala si rapidement sa première bière, que même la barmaid, nommée Kathy, fut surprise. Il en commanda une deuxième, qu'il ingurgita aussi vite, et bientôt une troisième. Cependant, bien qu'il cherchait un peu de réconfort, plus il buvait, plus ses idées devenaient sombres et déprimantes. Il écouta vaguement la conversation d'un client avec Kathy, mais le sujet ne l'intéressait pas. Il s'en détourna pour retourner à ses idées noires. Lorsque les deux se mirent à parler de leur divorce respectif, le sentiment soudainement réanimé qui se terrait en lui refit bientôt surface, cette fois-ci pour prendre toute la place. Il ruminait, encore et encore. Plus il pensait, pire c'était. Ce que TOUT était sombre, horrible, laid et stupide. L'insipidité de sa vie le fit boire encore plus. On aurait dit une compulsion, un cercle vicieux, sans fin. Mais vers dix heures, le cercle s'arrêta pour prendre une tournure terrifiante. Alors qu'il payait Kathy, il lui dit quelque chose au creux de l'oreille qui glaça le sang dans les veines de la femme, pourtant habituée d'entendre une panoplie d'histoires abracadabrantes et sordides d'hommes soûls. Louis quitta, visiblement affecté par l'alcool, sous les yeux impuissants de Kathy. Le client avec qui elle discutait lui demanda ce qu'elle avait, ses yeux étaient ronds et elle tremblait.

— Joseph, il faut appeler la police. Dit-elle, la voix tremblante.

Il pleuvait maintenant, la pluie et le vent lui fouettaient le visage, mais Louis ne ressentait rien. Il avait compris maintenant, il savait. L'idée qui le talonnait depuis si longtemps lui semblait si vraie, pleine de vérité, qu'il ne pouvait plus faire semblant qu'elle n'existait pas. Il savait qui était responsable de tout cela, de son malheur. Celle qui lui avait brisé le cœur, l'avait rendu si misérable, transformé en pareille loque et avait détruit sa vie ne pouvait pas s'en tirer si facilement. Tout ce temps qu'il avait mis à réprimer cette idée lui apparaissait si claire à cet instant, elle devait payer pour tout le mal qu'elle lui avait infligé. Il irait voir Isabelle, mais avant, il devait retourner chez lui chercher quelque chose..... dans sa table à café....

Il était déjà dix heures cinquante et Isabelle baillait aux corneilles. La femme de 35 ans regardait les nouvelles à la télé mais pensait déjà à dormir. Elle terminerait le bulletin avant d'y aller, écoutant, sans grand intérêt, la ministre Desforges parler de son budget pour la crise économique qui secouait le monde et le Québec. Soudain, la sonnette de la porte d'entrée retentit. Il était tard, qui pouvait bien venir sonner à son petit appartement de Rosemont à une heure pareille? Intriguée, la brunette se leva et alla vers la porte. Elle regarda par l'œil magique pour tomber sur la vision de son ex-mari, totalement trempé par la pluie. Elle ouvrit la porte et visiblement contrariée lui dit.

— Louis, sérieux, il est onze heures. T'aurais pu appeler avant de venir. C'est quoi le problème? Dit-elle, irritée, juste par sa présence.

Elle ne vit pas, qu'il avait pleuré et qu'il tremblait. Louis, plus que perturbé, dit.

— Il faut qu'on parle. Dit-il, la voix brisée.

Isabelle, ne comprenant pas, lui dit, pincée.

— Regarde là, moi, je vais me coucher, on se parlera demain. Appelle-moi.

L'homme eut un rire nerveux qu'Isabelle n'apprécia pas, voyant l'état piteux dans lequel il était. Lorsqu'il sortit son pistolet de sa poche et répéta gravement.

— Tu comprends pas, il faut qu'on parle.

Elle comprit. Son cœur se serra et sa respiration se coupa. On ne pense jamais que ces choses peuvent nous arriver. Elle n'avait jamais imaginé Louis comme....un homme capable d'une pareille chose. Elle fut si terrorisée par cette vision, qu'elle se mit à bouger au ralenti dans un état désormais second. Elle s'écarta lentement de la porte pour le laisser passer et il entra. Pour la véritable première fois de sa vie, elle eut peur. Ce n'était pas une peur que l'on peut décrire, c'était au-delà de ça. C'était une peur animale, intrinsèque, présente chez tous lors de situation où notre vie est en péril... La première chose à laquelle elle pensa ne fut pas elle-même, mais bien son fils.... Elle alla s'asseoir à la table de sa cuisine suivi de près par Louis. Ils s'assirent, se faisant face. Louis déposa le pistolet devant lui, mais y laissa sa main. Isabelle n'arrivait pas à le regarder en face. Elle était pétrifiée, terrorisée, sachant très bien à quoi s'attendre. Les minutes, qui semblaient durer des années, s'écoulaient sans que quiconque ne parle. La femme était si nerveuse qu'elle ne soutint plus la tension. Elle se décida à briser la glace, cette fois-ci, avec une voix des plus douces qui soit.

— Tu voulais qu'on parle? Je t'écoute.

Louis tremblait et des larmes coulaient continuellement de ses yeux. Il se racla la gorge, ce qui fit sursauter Isabelle, avant de dire.

— Pourquoi..... t'as divorcé?

La femme était au bord de la crise de nerfs, mais crut bon de tout lui dire. De toute façon, pouvait-elle faire autrement?

— On a déjà parlé de ça Louis. Dit-elle, doucement.

— J'étais malheureuse.

Les yeux de l'homme, en plein délire, prirent l'apparence d'une souffrance intense.

— Pis tu penses que je suis heureux moi maintenant hein?

La femme se mit à rougir ne sachant plus que faire ou dire. Louis se mit à déblatérer.

— On s'était dit pour le meilleur pis pour le pire! Dès que ça devient dur t'abandonnes!

La femme ne soutenait déjà plus la tension. Sa voix devint plus dure et dès qu'elle l'eut dit, le regretta.

— J'étais en train de pourrir Louis, t'aurais voulu que je gâche ma vie pour ça quand toi tu voyais rien?

Cette fois-ci, ils s'échangèrent un regard long et profond. Le visage de Louis, avant triste, devint dur et ses yeux froids.

— Mouais, mais tu m'as rien dit. Dit-il, en colère réprimée.

— En plus t'as laissé ton avocat me traîner dans la boue pendant le procès comme si j'étais un osti de monstre. Dit-il, le devenant peu à peu.

La femme savait très bien de quoi il parlait, stressée à mort, ses yeux allaient et venaient dans une détresse incommensurable. Voulant s'excuser des agissements de son avocat qui au fond, elle ne maîtrisait pas, elle dit, la voix en peine.

— Écoute, je décidais pas ce qu'il allait dire Louis....

L'homme perdit patience et dit, durement, la voix étouffée.

— Ta gueule...ferme ta gueule. J'tai assez entendu parler comme ça.

La femme devint si nerveuse qu'elle ne put plus s'empêcher de pleurer. Terrorisée, elle dit.

— Écoute, j'suis désolée de tout ce qui s'est passé....

Louis ne la croyait aucunement, peut-être aurait-il dû, car elle était sincère.

— J'ai jamais pensé que ça avait été si dur que ça....

Plus elle parlait, plus la folie de l'homme croissait. Il dit, la voix dure et sans pitié.

— Oh non.... t'es pas désolée. Tu t'en crisse, t'en a jamais eu rien à crisser de moi.

La femme n'en pouvait plus, elle commençait à délirer elle aussi tellement sa folie la pétrifiait. De plus, il n'écoutait rien de ce qu'elle disait. Il lui faisait son procès et c'était tout. Elle se mit à pleurer, se contenant encore.

— Non, je te le dis, j'ai jamais pensé....

Poussé aux tréfonds de sa cruauté et de sa tristesse la plus profonde, il explosa. Il se leva et vociféra.

— TA GUEULE ! TA GUEULE ! TU T'EN CRISSES DE MOÉ!!!!

Et il la frappa si violemment qu'elle en tomba en bas de sa chaise. La femme se mit à pleurer à gros sanglots cette fois. Persuadée qu'elle allait mourir, elle se mit à se reculer, toujours au sol, vers les armoires de la cuisine. Louis pointa son arme sur elle, tremblant alors que sa mâchoire se serrait dans une moue sévère et triste, il répétait, à peine audible.

— Ta gueule..... tu m'as pris ma maison, ma vie, mon argent, mon gars.... t'es juste une ostie de salope!

Adossée contre une armoire, pleurant à gros sanglot, Isabelle n'osait pas le regarder et répétait.

— **Je te jure....** je te le jure Louis..... je suis désolée....

Après tout ce funeste brouhaha, Maxime, qui jouait à un jeu d'ordinateur dans sa chambre, et malgré ses écouteurs, fut alerté par les cris de son père et les pleurs de sa mère. Lorsqu'il sortit de sa chambre, il tomba sur une vision digne d'un film d'horreur, son père menaçant sa mère d'un pistolet et sa mère, par terre, saignant de la lèvre et pleurant, et cria de sa voix en pleine mue.

— C'est qui se passe?

Surpris par l'interruption de son fils, Louis le regarda, l'âme en peine.

— Va dans ta chambre! En pointant l'arme sur son propre fils.

Surpris et terrorisé, le jeune, portrait craché de son père 20 ans plus tôt, les cheveux plus longs (avec des broches) leva les mains en l'air comme réflexe. Sa mère le regarda et lui cria, revenue à elle-même, un court instant, craignant cela plus que tout.

— Va dans ta chambre Maxime. Enferme-toi pis sors pas!

Étrangement, le jeune ne pouvait écouter ses parents. Il n'avait aucunement envie de laisser sa mère là, ni de voir son père commettre la pire erreur de sa vie. Il ne comprit même pas ce qu'il fit, mais le fit tout de même.

— Non, oubliez ça! C'est quoi le problème là?

Son père commença à être troublé, il se mit à trembler. Son plan ne semblait plus être si clair soudainement et il se mit à pointer successivement son arme sur son ex-femme et son fils, ne sachant plus que faire ou penser. Il réitéra son ordre en pleurant.

— Va dans ta chambre Maxime.

Le fils, toujours les mains en l'air, se mit à s'approcher de son père, tout en lui parlant doucement.

— Papa, écoute, on va en parler.... s'il te plaît....

Plus le fils s'approchait, plus l'homme se sentait piégé et ne savait plus quoi faire. Alors qu'il hésitait, Maxime, voyant bien que son père était enragé contre sa mère lui dit, en psychologue improvisé.

— Hey, regarde-moi papa. C'est moi. Viens, on va en parler.

Le père se mit à ce moment à pleurer comme un bébé, sous le regard ahuri d'Isabelle. Le fils était doté d'un sang froid impressionnant et ne baissa pas les yeux. Voyant qu'il avait réussi à touché son père, il lui dit.

— On va en parler papa, mais pour ça...... il faut que tu me donnes ton arme........ dit-il, en tendant sa main.

Louis était si confus, si perdu, que, il fut soulagé que quelqu'un lui parle comme à un enfant. Se laissant gagner, il s'avança lentement près de son fils, les yeux déversant des larmes sans cesse, et lui donna, tremblotant, son pistolet. Maxime, soulagé, tapota le bras de son père et lui dit, en faisant un petit sourire.

— C'est bien ça, viens t'asseoir. Dit-il, en lui montrant le divan du salon.

Alors qu'Isabelle, voyant Louis désarmé, songea un instant à téléphoner à la police, son fils la regarda et elle comprit que ce n'était pas nécessaire. Elle ne sut pas pourquoi, ni ne comprit, mais elle eut totalement confiance en son fils. Au lieu de devenir hystérique et d'appeler la police, elle se leva et se rassit à la table de la cuisine, le cœur toujours battant malgré tout. Le fils et le père s'assirent, l'un auprès de l'autre sur le divan. Maxime posa ses grands yeux verts sur son père, sans méchanceté, malice ou jugement, voulant seulement et sincèrement l'aider. Il tenait toujours l'arme dans ses mains frêles, mais elle n'était déjà plus d'actualité. Louis commençait, lentement, mais sûrement, à comprendre la gravité des actes qu'il venait de poser. Il n'osait pas regarder son fils dans les yeux, il tremblait et lui jetait des regards furtifs. Il avait honte. À cet instant présent, les rôles étaient inversés. Maxime dit doucement à son père.

— Qu'est-ce qu'il y a p'pa?

Le père regarda le mur comme si la réponse s'y trouvait. Son visage, déjà creux et terne, se crispa encore un peu plus. Il avala difficilement avant de dire, la voix coupée....

— Je suis.... j'suis malheureux Maxime... tellement.

Ses paroles ne tombèrent pas dans l'oreille d'un sourd. Le fils se montra bon psychologue et écouta attentivement son père. D'une manière innée, il demanda.

— Ok. T'es malheureux. Pis qu'est-ce qui te rendrait plus heureux p'pa?

Louis n'eut pas à réfléchir longtemps, tout à coup, tout lui apparut clairement. Sa femme l'avait blessé certes, mais ce n'était pas cela qui le motivait dans la vie.

— Ben.... j'aimerais ben ça.... te voir plus. Dit-il, se sentant presque honteux de désirer sa vie de famille.

— T'as l'âge maintenant pour choisir où tu veux vivre.... ajouta-t-il.

Le fils fut d'accord. Il hocha de la tête acquiesçant.

— Ben ça c'est possible p'pa...... Mais avant, il faut que tu comprennes que tu vas pas bien.

L'esprit peut être têtu des fois, mais Louis se laissait gagner lentement. Maxime posa sa main sur celle de son père, ce qui poussa le père à regarder son fils dans les yeux. Le jeune dit, sérieusement, en le fixant.

— T'as besoin d'aide p'pa.

De grosses larmes se mirent à rouler dans les yeux de Louis. Plus il regardait ce petit bonhomme qu'il aimait tant, plus il lui semblait comprendre des choses essentielles qui lui manquaient tant. Le père hocha de la tête et prit son fils dans ses bras. Il se mit à pleurer à gros sanglots. Le fils le serra voulant le réconforter. Il regarda sa mère, qui pleurait elle aussi. Isabelle était emplie d'émotions confuses. Elle n'avait jamais voulu faire souffrir Louis, elle l'aimait encore, à sa manière. Par contre, il lui faisait peur plus que jamais. Et en même temps, voyant son fils, du haut de ses quatorze ans, maîtriser une situation apparemment perdue et sans issue d'un drame familiale digne d'une capsule au bulletin télé, elle se sentit étrangement soulagée. Le père pleura longtemps dans les bras du fils. Après quelques minutes, ils se détachèrent et Maxime revint à la charge.

— P'pa, t'as besoin d'aide.

Louis le regarda mais ne broncha pas, ni ne combattit, il obtempéra sagement. Maxime le prit par la main et ils se levèrent. Maxime et Isabelle se vêtirent pour sortir, ce qu'ils firent, accompagné de Louis, désormais faible et sans défense. Ils quittèrent l'appartement et se dirigèrent vers l'hôpital le plus proche, tout près. Maxime et son père se tenaient par la main, alors qu'Isabelle marchait un peu en retrait, encore craintive. Ils parvinrent à l'hôpital et y entrèrent. Lorsqu'ils arrivèrent devant l'infirmière de garde, chargée de classer les cas, la jeune femme blonde les regarda étrangement. Elle leur demanda.

— Oui, je peux vous aider?

Louis hésita à ce moment, ce fut alors que Maxime posa sa main sur celle de son père. Les deux se regardèrent, et sans dire mot, se parlèrent énormément. Louis, la voix toujours tremblante, tout trempe et toujours aussi cadavérique, dit.

— Oui... heu. Les urgences psychiatriques s'il vous plaît. Ça va pas....

Il regarda encore son fils qui serra sa main et lui sourit ce qui le rassura. Le jeune lui dit doucement.

— J'suis là p'pa.

Louis se sentit rassuré et sourit à son tour. Son fils ne l'abandonnerait pas. Il avait été proche de commettre une erreur sans mot. Il sut qu'il avait encore des épreuves devant lui, mais que tout se réglerait grâce à ce petit ado maigrichon, boutonneux et à la voix encore en pleine mue. L'essentiel était devant lui et tout le reste n'était plus que détail superflu.

Minuit sonna.

Vendredi ou Charlotte

Lorsque le réveil sonna, Charlotte était déjà réveillée depuis une bonne vingtaine de minutes. La jeune femme blonde de 28 ans se prélassait dans son lit, profitant de ces quelques minutes de liberté. Cette journée s'annonçait chargée, elle devait reconduire son fils de 8 ans, Benjamin, à l'école, repeindre son salon, retourner chercher son fils et tout terminer. Elle avait demandé une journée de congé pour pouvoir tout repeindre lors du week-end. Trois jours lui seraient largement suffisant pensait-elle. Le salon ce vendredi, la cuisine le samedi et les chambres le dimanche. Avant même qu'il ne sonne, elle éteignit son réveil et se leva en vitesse. Il était sept heures. Elle mit sa robe de chambre et se dirigea vers la cuisine afin d'allumer sa cafetière qu'elle avait préparée la veille. Ensuite, elle sortit le pain d'un garde-manger, quelques viandes froides du frigo, ainsi que la mayonnaise, et prépara un sandwich pour le lunch de son fils. Elle l'enveloppa dans un papier ciré et le mit dans la boîte à lunch Spider man du garçon. Elle agrémenta le tout d'une barre tendre, un petit jus de pomme en carton, quelques crudités préparées elles aussi la veille et un petit sac de noix variées. Par la suite, elle se rendit dans sa petite salle de bain pour se doucher. Elle attacha ses longs cheveux blonds et ondulés en chignon et se dévêtit. Dans la douche, alors qu'elle réfléchissait à tout le travail qui l'attendait, elle songea un instant à se laver les cheveux. L'hésitation se faisait plus grande, allait-elle les laver ou pas? Elle décida que non, même si elle s'en sentit légèrement coupable.... Elle sortit de la douche et remit sa robe de chambre. En sortant de la salle de bain, elle ouvrit la porte de la chambre de Benjamin, pour le réveiller. Le petit bonhomme se levait justement.

— Déjà debout? Demanda-t-elle.

Il lui répondit par un sourire.

— Dépêche-toi, je te reconduis à l'école dans 30 minutes. Ajouta-t-elle.

— Oui m'man. Dit-il.

Elle retourna vers sa chambre pour s'habiller. Comme elle devait peindre, elle décida de mettre des vêtements qui lui permettraient de se tacher à volonté! Une salopette en jeans bleu ferait très bien le boulot, en plus d'une petite camisole blanche à laquelle elle ne tenait pas trop. Après s'être habillée, elle sortit de sa chambre pour aller manger une bouchée. Benjamin mangeait déjà ses céréales multicolores préférées lorsqu'elle arriva dans la cuisine. Elle se prit un café et mangea une tartine au beurre d'arachides.

— Est-ce que mon uniforme de scout est prêt pour demain? Demanda le petit.

En effet, l'enfant était tout excité d'aller à son camp de scout! Charlotte préparait assidûment ce petit kit gris vert ainsi que le petit foulard. C'était une véritable passion pour son fils.

— Oui, je vais le repasser ce soir, t'inquiète pas! Dit-elle, en lui flattant la tête d'un geste habitué et tendre.

— Ready? Lui dit-elle.

Il sourit, courut aller chercher son sac d'école et revint en enfilant sa petite veste marron. Charlotte l'attendait déjà dans l'embrasure de la porte lorsqu'elle vit qu'il allait oublier sa boîte à lunch sur le comptoir.

— T'oublies pas quelque chose Ben?

Le garçon ne fit ni un ni deux et alla directement prendre sa boîte et revint auprès de sa mère. Les deux quittèrent l'appartement et sortirent du petit bloc. Ce matin-là était ensoleillé et tiède, encore chaud même pour novembre. La journée s'annonçait belle et le ciel était d'un bleu limpide, avec à peine quelques nuages longs et effilés qui l'habillaient. La mère et le fils se rendirent à leur petite voiture d'occasion grise, rouillée dans le bas des portes, et y montèrent. La mère démarra et le petit véhicule se dirigea vers l'école primaire de Benjamin. Pendant le trajet, la petite famille parla de tout et de rien mais le sujet qui passionnait le petit Ben était évidemment le camp des scouts! Charlotte ne put s'empêcher de sourire devant l'enthousiasme de son fils. Lorsqu'il en parlait, ses petits yeux devenaient étincelants et emplis d'une joie indescriptible, comme seuls ceux d'un enfant sont encore capables, car non corrompus par le monde des adultes, biaisé et injuste. La femme songea un instant à quel point la pureté des enfants, que certains nommeraient naïveté, était belle. Le petit chemin ne prenait que dix minutes, Charlotte immobilisa sa voiture devant l'école primaire de son fils. L'établissement était de taille moyenne et peint d'un gris qui tournait sur le blanc. Des dizaines d'enfants jouaient déjà dans la cours de l'école alors que les autobus jaunes si typiques arrivaient les uns derrière les autres, en déversant de nouvelles vagues d'enfants. Benjamin ouvrit la porte et se retourna vers sa mère avant de sortir.

— Je t'aime maman. Dit-il en s'approchant d'elle pour recevoir un baiser sur le front, tel était leur rituel.

Elle l'embrassa et lui sourit avant de dire.

— Moi aussi Beny, je viens te chercher ce soir à quatre heures.

Il descendit, referma la portière et agita la main en guise de salutations avant de se diriger vers ses camarades de classe. Charlotte le regarda partir et quitta elle aussi. La femme se dirigea aussitôt vers la quincaillerie la plus près afin d'acheter ses pots de peinture. Elle n'eut pas à aller trop loin puisque le magasin en question était seulement à trois coins de rue de chez elle et de l'école. Elle se hâta car elle n'avait nullement envie d'être en retard sur l'horaire qu'elle s'était fixé. Elle entra dans la quincaillerie et alla directement dans le rayon de la décoration. Un commis voulut être serviable mais elle déclina son offre puisqu'elle avait déjà décidé, et ce depuis une semaine, de quelle couleur elle repeindrait son chez soi. Elle prit un panier, les pots de peinture dont elle avait besoin (deux vert pâle, un bleu poudre et trois blanc) et alla aux caisses. Le caissier la salua et lut les étiquettes de ses achats sur sa caisse. Elle les paya et quitta aussitôt. Elle jeta un rapide coup d'œil à sa montre, ça allait, il était seulement neuf heures. Elle sortit du magasin et alla à sa voiture pour y mettre ses pots de peinture. Une fois tout cela fait, elle s'y engouffra de nouveau et quitta le petit stationnement en direction de son bloc.

De retour à la maison, Charlotte entra ses pots de peinture, en trois voyages, et déballa ses pinceaux. L'un d'eux était en piètre état, elle les avait déjà utilisés auparavant, celui-là ne pouvait plus servir, mais par chance, ses rouleaux étaient encore pleinement en état de faire leur boulot! Elle ne perdit pas de temps, elle étala plusieurs journaux sur le sol et commença sa besogne. Tous les meubles étaient déjà entassés dans un coin depuis la veille, Charlotte était prévoyante et avait tout mis en œuvre afin de termi-ner cette besogne avec le moins d'efforts inutiles possibles. Tout avait été soigneusement planifié, les mouvements des meubles, les pots de peinture, une chose lui était sortie de l'esprit et c'était les pinceaux. Cependant, ils ne la ralentiraient pas dans son horaire serré. Elle avait seulement trois jours pour tout repeindre son appartement. Après un court vingt minutes, la jeune femme était déjà un peu fatiguée, elle décida d'allumer la radio afin de s'égayer un peu. Elle retourna illico à ses pinceaux. Le temps passa lentement mais sûrement et vers une heure de l'après-midi, elle avait presque terminé les moitié des mûrs du salon. Le travail avançait bon train. Soudain, le téléphone retentit. Elle abandonna son pinceau pour décrocher. C'était sa bonne amie Julie.

— Salut ma fille, pis ta peinture? Demanda la femme.

— Ben ça avance à mon goût! Lui rétorqua Charlotte.

— Ça te dirait un coup de main cet après-m...?

Charlotte fut un peu surprise.

— Comment ça?

— Je prends mon après-midi off pour toi, je peux arriver dans vingt minutes. Alors?

Charlotte sourit par la belle attention de son amie.

— T'es fine, mais t'es pas obligée. Lui dit Charlotte, flattée mais ne voulant pas la contraindre.

— Mais non, je vais acheter une pizza pis des bières en plus, qu'est-ce que tu dis de ça? On va avoir du fun tout en étant productives! Dit la femme convaincante.

Charlotte était tentée, mais elle ne voulait pas que Julie ait des problèmes pour ça.

— Puis ta job?

— Pas de troubles, on a aucun client, c'est mort ici. Chuis certaine que madame Lalonde verra pas de problème là-dedans. Pis?

Charlotte hésita encore un peu avant de céder. Elle ne voulait pas causer d'ennuis à son amie, cependant un coup de main et un peu de compagnie ne pourraient que l'aider, en plus d'avancer le travail.

— Ok, viens-t'en! Dit-elle.

Les deux femmes raccrochèrent et Charlotte retourna à sa besogne. Une demi-heure passa avant que la sonnette de la porte se fit entendre. Charlotte cria, du haut de son escabeau.

— C'EST OUVERT!

Julie entra difficilement, pizza et bières à la main, et referma la porte de son pied.

— T'as pas mangé chuis sûre? Dit Julie.

Elle avait vu juste. Julie déposa tous ses achats sur le comptoir et se retourna pour dire à son amie.

— Allez, viens manger, prends une pause.

Charlotte accepta, elle avait effectivement faim. Une pause ne lui ferait pas de tort. Les deux amies en profitèrent pour parler de tout et de rien. Il y avait un moment qu'elles s'étaient vues et cette petite conversation était la bienvenue. Elles mangèrent et prirent quelques bières avant de retourner au boulot. L'après-midi avançait et les pinceaux n'arrêtaient pas. Les murs se recouvraient, peu à peu, de leurs nouveaux habits. Inlassables, les deux femmes peignaient et appliquaient sans relâche leurs rouleaux, transformant littéralement l'aspect du petit appartement. Cette odeur si particulière de peinture avait envahi la maison depuis longtemps. Cependant, ces effluves chimiques pouvaient causer des nausées et des maux de tête. Julie décida d'ouvrir les fenêtres afin d'aérer les pièces et de permettre à l'air de circuler librement. Les femmes travaillaient bien et avaient assez de plaisir en fait. Charlotte songea un instant à quel point le coup de pouce de son amie était une petite bénédiction. Il lui rendait le travail si léger, qu'elle n'avait plus l'impression de fournir quelconque effort. Vers trois heures, Charlotte se rendit aux toilettes et laissa Julie seule dans le salon. La femme continua de peindre lorsque la sonnette de la porte se fit entendre. Elle diminua le son de la radio et alla ouvrir. La surprise fut forte lorsqu'elle aperçut deux agents de police, un homme d'une trentaine d'années et une femme, à peine plus jeune que lui, qui se tenaient devant la porte. Les deux enlevèrent leur casquette par politesse. La femme agent parla ainsi.

— Charlotte Caron?

Julie fit signe de la tête que non.

— Non, chuis son amie. Elle est aux toilettes. Qu'est-ce qui se passe?

Sur ce, Charlotte revint, ayant vu de loin les policiers, elle eut un léger stress qui lui serra l'estomac. Ce n'est pas tous les jours que des agents de police se présentent chez vous! Et c'est généralement, mauvais augure.

— C'est moi Charlotte Caron, qu'est-ce qui se passe?

— Pouvons-nous entrer madame? Renchérit la policière.

Charlotte se remua et dit, la voix tremblante, et riant étrangement.

— Mais, oui, entrez, désolée.....

Les deux agents entrèrent et l'homme referma la porte derrière eux.

La nervosité des deux femmes devint palpable, le petit suspense pesait. Charlotte mit ses mains sur ses hanches et dit, la voix nouée, ne soutenant plus.

— Oui, alors, qu'est-ce que je peux faire pour vous?

La femme agent lui lança un regard si désolé, que Charlotte commença sérieusement à s'inquiéter.

— Vous êtes bien la mère de Benjamin Tremblay?

Charlotte hocha de la tête. Les deux policiers se regardèrent rapidement. Pour Charlotte et Julie, la tension devenait insoutenable, elles avaient l'impression que le temps allongeait, mais en fait, c'était une illusion, moins de deux minutes s'étaient écoulées depuis l'arrivée des policiers.

— Pourquoi? Il lui est rien arrivé toujours? Demanda Charlotte, plus anxieuse.

La femme agent la regarda profondément de ses grands yeux bleus. Sa bouche se décrispa et prononça, d'une voix douce.

— Je suis désolée madame, votre fils est.....décédé ce midi.

Les mots tombèrent tels des clous dans un cercueil. Voilà! La nouvelle était sortie et elle paraissait si incroyable, impossible, que Charlotte n'arrivait pas à assimiler l'information. Elle protesta, totalement incrédule.

— Hein? Comment? Non..... ça se peut pas...chuis allée le reconduire à l'école ce matin! Je dois aller le chercher dans une demi-heure!!

On aurait dit qu'on l'avait frappée avec un madrier en plein front! Elle lançait des regards furtifs et confus à son amie et à la policière.

— Voyons donc!!! Non! NON! Ça se peut pas! Vous devez vous être trompés d'enfant…voyons!

— Il s'est étouffé alors qu'il mangeait ce midi. Une grosse noix s'est coincée dans sa gorge. Les surveillants ont bien tenté de le sauver, mais, ça n'a pas fonctionné. Rajouta la femme.

Ce fut alors qu'elle se rappela qu'elle-même avait préparé son dîner! Elle avait même insisté pour qu'il ne laissât pas sa boîte à lunch!!! Plus la policière parlait, plus le monde de Charlotte s'effondrait. C'était impossible!!! IMPOSSIBLE! Non, non, non! Elle ne sut pas si c'était le choc de la nouvelle ou les effluves de peinture, mais il lui sembla que la pièce se mit à tourner comme un manège funeste et morbide. Elle voyait successivement les visages désolés, mais stoïques des policiers et celui, larmoyant de Julie.

— Voulez-vous vous asseoir madame? Demanda la policière.

Charlotte lui lança un regard d'incompréhension le plus total. Presque vide....

— Non merci.....

— Il est à l'hôpital, vous devriez vous y rendre pour remplir des formulaires et divers papiers.

Charlotte ressentit une telle colère à ce moment précis, qu'elle faillit exploser.

— PARDON! Vous venez me dire que mon fils est mort pis là vous me parler de paperasse!

À ce moment, Julie intervint, elle voyait bien que la policière ne faisait que sont travail. Elle prit le bras de Charlotte, qui se faisait menaçante et dit aux policiers.

— Ça va, merci, on ira ce soir.

Les agents de la paix se sentaient légèrement mal à l'aise d'annoncer une telle nouvelle de la sorte, mais telle était la procédure. Ils se rendaient bien compte que la nouvelle était dure et voyant Charlotte s'emporter, l'agent fit sa seule intervention.

— Voulez-vous qu'on s'assoit pis qu'on en parle?

Charlotte le dévisagea si méchamment qu'il en rougit. Julie s'enquit de calmer son amie et de faire quitter les policiers au plus vite.

— Ça va aller, vous pouvez y aller! Dit-elle, la voix basse.

La femme agent n'était pas totalement rassurée ni convaincue. Charlotte arpentait son salon de long en large en marmonnant des palabres incompréhensibles n'arrivant aucunement à croire la nouvelle.

— Vous êtes certaine? Demanda la policière.

Julie hocha seulement de la tête en guise de réponse. Les deux policiers réitérèrent leurs condoléances et quittèrent là-dessus, penauds. Après cela, Julie, qui pleurait doucement, se doutait bien que son amie allait exploser d'un moment à l'autre. Charlotte était toujours en train de marcher de long en large à travers l'appartement, se tenant la tête et marmonnant.

— Charlotte...dit doucement Julie.

La femme se mit à parler, très fort et n'y croyant toujours pas avec une folie dans la voix qui faisait peur.

— Non, mais c'est impossible! Ils ont dû se tromper voyons! Maudite incompétence de marde!

La dénégation était forte, le cœur battant et les mains moites, Charlotte tentait de se convaincre. Ce ne pouvait pas être vrai! Comment aurait-ce été possible? Les enfants ne meurent pas, pas comme ça. Bon, il arrive bien que certains décèdent de maladies, quelques accidents stupides, mais pas son fils, pas comme ça! Ses premières larmes coulèrent, mais elles étaient de stress, pas de tristesse.

— Hein! Voyons! Ça se peut pas! Ça se peut PAS! Cria-t-elle, en insistant sur le dernier pas.

Voyant le visage désolée de son amie, elle mit sa main devant sa bouche pour étouffer un sanglot qui surgit du fond de ses entrailles.

— Ben.... Benny.....

Charlotte plongea ses yeux en peine dans ceux de son amie, compatissants, comme pour vérifier, pour qu'elle lui dise que c'était une erreur, que son fils allait bien. Le réconfort n'y était pas. Le visage de Julie ne lui dit rien de cela. Il restait doux et mue d'une moue triste. Ce n'était pas un mensonge ou une erreur. Benjamin était assurément décédé. Ce fut alors qu'une douleur incommensurable envahit tout le corps de Charlotte. Une étrange et forte pression se fit sentir dans sa poitrine et elle eut l'impression d'étouffer, elle aussi, comme si on la serrait dans un étau. Elle voulait respirer, mais n'y arrivait pas. Elle s'éloigna de son amie et se mit à pleurer vraiment cette fois.

— Ben.... non... dit-elle, d'un ton suppliant.

Julie la rejoint et voulut la prendre dans ses bras, mais Charlotte résista et la repoussa vigoureusement.

— Julie.... non, c'est pas possible.... dit-elle, toujours aussi suppliante.

Devant le silence de son amie, Charlotte commença à la frapper, au début doucement, mais les coups devinrent forts et désespérés.

— Non.... non.... NON! Répétait-elle.

L'hystérie la plus totale l'empoigna et la prit. Elle explosa d'une douleur qu'on ne peut nommer, comme si on la tuait encore et encore. Elle se mit à frapper son amie puissamment et à crier le nom de son fils. Julie essaya seulement de la prendre dans ses bras pour la contenir. Les seuls mots de Charlotte étaient incompréhensibles. Elle ne parlait plus, elle délirait. Tout était si confus dans son esprit que plus rien n'avait de sens. Elle se débattait et agitait les bras dans tous les sens. La crise dura un bon quinze minutes qui parurent durer des mois aux deux femmes. N'arrivant plus à respirer, Charlotte eut la nausée et se rendit vomir dans l'évier de sa cuisine. Julie la suivait, ne sachant que faire d'autre. Lentement, Charlotte se calma, mais ses sanglots n'étaient pas moins forts pour autant. Épuisée, elle se laissa choir au sol. Elle pleura fortement, sur les genoux de son amie qui lui caressait les cheveux, là, au milieu de sa cuisine. Après une heure cauchemardesque, Charlotte sombra dans un sommeil pénible, totalement exténuée par tout le stress qu'elle venait de vivre et toute l'énergie qu'elle venait de perdre. La nouvelle était plus que dure....elle était froide et cruelle, difficilement explicable.... les enfants ne meurent pas avant les parents. C'était impossible. Pas elle, pas son fils.... non, ça ne pouvait pas être vrai.....

Dès son réveil, Charlotte se souvint de tout. Ce n'était pas un cauchemar indescriptiblement horrible et inimaginable qu'elle avait rêvé, c'était la terrible et triste réalité. Cependant, elle avait l'impression d'être un grand vide sans fond. Comme si on avait éteint une lumière scintillante et que seules les ténèbres subsistaient et envahissaient tout. Julie, qui s'était endormie elle aussi, se réveilla. Adossée à l'armoire de la cuisine, son cou lui faisait mal. Elle le massa un peu avant de voir le visage de Charlotte. Elle vit l'aspect zombiesque de son amie mais ne dit rien, stupéfaite par l'expression faciale de son amie. Charlotte se releva, le visage inanimé et le regard vitreux. Julie la suivit, inquiète, mais ne sachant que faire ou dire, demanda.

— Veux-tu manger quelque chose?

Devant l'absurdité de la demande, Charlotte lui fit signe de la tête que non, prête à vomir seulement à l'idée d'ingurgiter quelle que nourriture que ce soit!.

— Je veux aller à l'hôpital Julie. Dit-elle, bassement.

— Maintenant? Demanda-t-elle.

— Oui, emmène-moi s'il te plaît. Je suis pas en état de conduire.

Charlotte plongea un regard intense mais sombre dans celui de son amie ce qui la convainquit sur le champ. Julie ne dit rien et accepta. Les deux femmes quittèrent l'appartement et entrèrent dans la voiture de Julie. La femme démarra et se dirigea vers l'hôpital Hôtel-Dieu. La nuit était déjà bien installée et il faisait noir désormais. De temps à autre, Julie regardait furtivement Charlotte pour seulement voir une femme sans expression, dénuée de toute émotion. Le monde n'avait plus d'existence à ses yeux. La personne qui était devenu le centre de son univers n'était plus. Il n'y avait plus rien, absolument rien. Qu'un grand vide immense et froid qui s'apprêtait à la dévorer. La voiture s'immobilisa à un feu rouge, un homme, qui promenait son chien, traversa la rue. Le golden retriever regarda Charlotte de ses yeux doux et bienveillants. Elle se souvint alors que Benjamin aurait voulu avoir un chien....il avait même trouvé un nom, Oz..... Elle déglutit péniblement.

Lorsque les deux femmes entrèrent dans l'hôpital, elles ne surent pas tout de suite où aller. Julie alla aux informations afin d'obtenir des renseignements. La femme la dirigea à une autre section de l'hôpital. Elles s'y rendirent toutes deux. Là, une autre infirmière les reçut. Devant la nouvelle, l'infirmière lança un regard compatissant et doux à la femme mais ne dit rien, étant tout de même habituée à ce genre de situation. Le personnel, bien que non insensible, devait s'en détacher le plus qu'il leur était possible, sinon, on en deviendrait fou à moins à force de fréquenter la mort de si près! Elle tendit quelques questionnaires à Charlotte, toujours aussi impassible. Lorsque Charlotte lut quelques questions, elle se rendit compte qu'elle n'avait nullement envie de les remplir, enfin, pas maintenant, pas comme ça. Tout le texte apparaissait comme un charabia incohérent. C'était plus un casse-tête que d'autre chose. Julie lui offrit de l'aider. Elles s'assirent ensemble, et remplir les questionnaires, un à un. Lorsque cela fut terminé, Charlotte les retourna à l'infirmière en question. La femme la regarda, toute compréhensive et lui dit.

— Voulez-vous le voir?

Charlotte ne s'attendait pas à ça. Elle la regarda longuement, en état de choc.

— Pardon, dit-elle, la gorge nouée.

— Il est pas à la morgue? Ajouta-t-elle, la voix cassée.

L'infirmière lui répondit.

— Non, dans des cas comme ça, on aime bien les présenter à la famille dans une chambre, dans un lit pour aider au processus du deuil. Ça adoucit l'évènement. Ça permet de faire ses au revoir .Il est dans la chambre 109, juste à côté. Alors, voudriez-vous le voir? Le cœur de Charlotte se mit à battre très fort et ses mains redevinrent moites. Elle hésita un court instant avant de prendre sa décision. En fait, si, elle voulait le voir, il fallait le voir pour confirmer car dans son cœur brisé de mère, subsistait toujours un mince et infime espoir, qu'ils se soient trompés, que ce n'était pas son fils, que c'était la pire mauvaise blague du monde. Elle dit rauquement.

— S'il vous plaît, oui.

L'infirmière ajouta.

— Très bien, suivez-moi.

Elle contourna son comptoir et en sortit. Julie et Charlotte la suivirent jusqu'à une chambre tout près. L'infirmière s'arrêta devant la porte pour leur parler.

— On fait tout pour faciliter le deuil de la famille, mais je tiens à vous dire, ce sera un choc pour vous. C'est jamais facile. On y va?

Charlotte regarda son amie, craintive. Julie prit la main de Charlotte à ce moment et lui serra. Se sentant soutenue, la femme hocha légèrement de la tête, acquiesçant. L'infirmière ouvrit la porte et les trois entrèrent à pas feutrés. On n'avait laissé qu'une seule lampe allumée, ce qui rendait la chambre tamisée, presque familiale et chaleureuse. Il n'y avait qu'un seul lit. Charlotte s'en approcha lentement en observant tout attentivement. Julie n'eut pas la force, elle resta sur le pas de la porte, avec l'infirmière. Elle distinguait très bien de là et le tout lui semblait d'une morbidité sans pareil. C'était une scène orchestrée et calculée. Le jeu était malsain selon elle. Un long frisson lui parcourut le dos. Charlotte, elle, continuait. Benjamin était allongé dans le lit, les bras le long du corps et les jambes sous les draps. On lui avait même mis un petit pyjama bleu avec des motifs de fusés et de planètes. On lui avait peigné les cheveux sur le côté, chose que Charlotte avait tout de suite remarquée puisqu'elle ne faisait jamais cela. Dans cette atmosphère étrange, elle prit sa petite main, toute froide et raide. On voyait bien tous les efforts qu'on avait mis afin de donner l'illusion de la réalité, que le petit dormait. Mais il ne dormait pas, il ne dormirait plus, plus jamais. Il n'y avait plus de vie dans cette chambre, seulement, l'emprunte de la mort. En s'abaissant, elle se mit à pleurer. Cependant, ce n'était plus de l'hystérie, mais bien le fait de se rendre compte, devant le corps inerte de son fils, qu'il était bel et bien mort. Elle laissa échapper doucement.

— Benjamin.......

Son petit visage était bleuté, et malgré l'effet d'illusion souhaité du personnel hospitalier, ils n'étaient pas parvenus à effacer la moue terrorisée des derniers instants terrifiants du petit bonhomme. Son agonie avait dû être particulièrement paniquante. Charlotte oublia sa propre peine à cet instant, elle songea à quel point il avait dû avoir eu peur et souhaita à cet instant précis, avoir été à ses côtés, pour le rassurer, pour lui tenir la main comme elle le faisait là. Mais le destin en avait voulu autrement. Elle s'assit sur le lit, à ses côtés et se mit à chantonner. Elle l'embrassa sur le front et regarda Julie, au loin, qui pleurait. Charlotte aussi pleurait. De grosses larmes roulaient dans ses yeux avant de tomber sur ses joues pour se perdre dans ses vêtements. Julie vit dans le regard de son amie, une expression difficile à décrire. Ses yeux n'étaient pas vides comme quelques heures auparavant, seulement emplis d'une tristesse indescriptible. Son fils était parti et elle avait compris maintenant. Il n'y avait plus aucune innocence, plus d'espoirs. Julie n'en pouvait plus, elle sortit de la chambre pour exploser elle aussi à son tour......

Julie reconduit Charlotte chez elle et la suivit à l'intérieur. Charlotte n'était plus que l'ombre d'elle-même. En entrant, les pinceaux séchés sur le sol, la pizza sur le comptoir, tout le foutoir l'accablèrent! Julie s'en rendit bien compte et lui dit sur un ton rassurant.

— T'inquiète pas, je vais m'en occuper.

— Merci.... dit Charlotte, la voix cassée.

Elle s'assit sur son divan et ne dit rien. À vrai dire, elle ne savait que faire, dire ou penser. La journée avait commencé si simplement et avait pris une tournure inattendue des plus désa-gréables. Soudain, une idée horrible lui vint à l'esprit et son visage s'anima d'une expression terrifiée.

— LUC! Poussa-t-elle.

Le père de Benjamin. Était-il au courant? Tout s'était passé si vite, qu'elle en avait totalement oublié son ex-mari! Les deux femmes se regardèrent sans trop savoir que faire. Luc avait une gardé partagée et ne recevait Benjamin qu'une fin de semaine sur deux, il était inscrit dans les contacts scolaires, par contre, c'était Charlotte qui avait la garde de l'enfant. Les policiers l'en avaient-ils averti aussi? Luc et Charlotte s'étaient mariés jeunes et avaient eu Benjamin seulement un an après leur mariage.... qui se termina six mois plus tard. Cependant, ils étaient restés en très bons termes et Charlotte considérait Luc comme un très bon père. Benjamin n'avait jamais réellement souffert du divorce de ses parents puisqu'il ne les avait jamais connus ensembles, de plus, Luc s'était remarié et avait eu un second enfant avec sa nouvelle épouse. La famille n'était pas traditionnelle, mais elle fonctionnait bien jusqu'alors. Soudain, Charlotte eut l'horrible impression que Luc n'était probablement pas au courant....elle sentit la responsabilité de l'en avertir. Ses larmes revinrent en force.

— T'es certaine que c'est à toi de le faire? Demanda Julie.

Charlotte était assise sur le sofa et pleurait de nouveau. Elle acquiesça et se leva pour téléphoner. Après avoir pris le combiné, elle composa ardument, car elle tremblait, le numéro de Luc. La sonnerie se fit entendre et sembla, selon elle, se mélanger au son de son cœur. Plus elle sonnait, plus son rythme cardiaque augmentait. Kathie, la nouvelle femme de Luc, répondit. Charlotte crut qu'elle allait défaillir mais tint bon, elle demanda Luc. Lorsqu'il répondit, Charlotte perdit confiance et tendit le combiné à Julie. Son visage s'était crispé et elle s'était mise à pleurer de plus bel. Elle ne put que marmonner.

— Je peux pas..... je peux pas.....

— Allo ? Dit Luc.

Avec cette patate chaude dans les mains, Julie tenta bien de convaincre son amie, mais rien n'y fit.

— Allo? Charlotte, t'es là? Demanda Luc, ne comprenant pas.

Julie dut donc s'astreindre à être le messager de cette terrible nouvelle. Elle rassembla tout son courage et répondit à Luc, que l'on entendait.....

— Luc..... c'est Julie....

— Julie? C'était pas Charlotte? Voyons....

Julie alla droit au but, elle n'avait déjà pas envie de briser le cœur de quelqu'un qu'elle appréciait, elle avait encore moins envie de tout expliquer.

— Luc écoute.... elle est juste devant moi.... elle.... elle a pas pu te dire..... c'est.... oh mon Dieu!

À ce moment, Luc comprit que quelque chose n'allait pas et commença à s'inquiéter.

— Me dire quoi? Qu'est-ce qui s'est passé? Demanda-t-il, atterré par le ton mystérieux de l'amie de son ex-femme.

Julie n'y arrivait pas, elle jeta un coup d'œil à Charlotte seulement pour la voir tenter d'étouffer ses sanglots. De revivre l'annonce de sa mort, Charlotte eut l'étrange sentiment d'être ramenée quelques heures plus tôt et la tension la rendait folle. Elle recommença à marcher ne sachant que faire de ses mains. Elle se frottait le visage, la nuque et recommençait successivement ce petit jeu.

— Je suis horriblement désolée Luc.... mais Ben est..... mort ce midi. Dit-elle, le plus doucement possible que l'on puisse le dire....

Comme on pourrait s'y attendre, Luc explosa, comme Charlotte quelques heures auparavant. L'effet domino étant ce qu'il est, tous se remirent à pleurer.

— HEIN? Quoi?.... Comment? Ça se peut pas!!!!

Alors que Julie lui expliquait doucement, Charlotte entendait parfaitement les forts pleurs de Luc..... même à travers le combiné du téléphone. Elle savait ce qu'il traversait et cela la peinait aussi. Devant les supplications de l'homme, Charlotte fondit encore en sanglots et dut s'asseoir..... Luc n'en pouvait plus, il abandonna le téléphone à sa femme et se retira. Julie s'excusa à la femme, totalement perdue et perturbée par l'attitude de son mari. Après avoir raccroché, Julie retourna consoler son amie.....

La blessure était profonde..... Charlotte songea un instant à ce vieil adage, un jour à la fois. Il lui semblait que c'était une minute à la fois dans son cas..... La douleur était si intense, acérée et profonde. Cette crise dura encore près d'une heure. Charlotte s'écroula, épuisée sur le sofa, Julie à ses côtés, mais sombra de nouveau dans un sommeil pénible. Dans un rêve désagréable, Charlotte était dans un couloir, Benjamin devant elle. Elle tentait de le rejoindre, mais plus elle s'en approchait, plus il lui semblait lointain. Elle ne parvenait pas à le rejoindre. Benjamin lui tendait la main, mais à chacun des pas de la femme, il en reculait de cinq. Bientôt, Charlotte tenta de courir ce qui le fit disparaître sous son regard horrifié..... elle se réveilla en panique. Couverte de sueurs et grelotant, elle vit que la fenêtre était encore ouverte. Tremblotant, elle se leva pour aller la refermer. En se détournant, elle vit que Julie dormait encore sur le divan, elle aussi, gelée. Charlotte s'en approcha pour la regarder dormir. Son amie avait passé une aussi mauvaise journée qu'elle, et méritait bien de se reposer un peu. Son soutien et son aide inconditionnelle avaient été des preuves sincères d'amitié, réellement appréciées et la femme lui en était plus que reconnaissante. En effet, sans Julie, Charlotte n'aurait jamais pu survivre à cette annonce et à tout ce qui s'en suivit. Charlotte se rendit à une garde-robe pour en extirper une couverture de laine qu'elle alla déposer sur son amie. Pour la première fois, elle se retrouva seule avec ses pensées et cela lui fit un peu de bien. Il n'y a rien de pire que de sentir seul avec des gens. Là, elle l'était vraiment. C'était de loin la pire journée de son existence, comme un animal blessé, la solitude la rassurait. Tout à coup, elle eut l'envie folle de serrer son fils dans ses bras, l'idée lui avait traversé l'esprit à quelques reprises depuis l'annonce... mais pas aussi fort....elle ne le pouvait pas, elle ne le pourrait plus.... jamais. En détresse, elle se rendit devant la porte de la chambre de Benjamin. La porte était entrouverte, mais elle n'osait pas y entrer. Le cœur battant, comme si elle s'apprêtait à commettre un crime, elle y entra. Elle poussa le commutateur pour voir la pièce s'éclairer. Automatiquement, de grosses larmes se mirent à rouler dans ses yeux. L'odeur, les couleurs, les souvenirs, tout l'assaillit. Elle avança dans la pièce telle une pure étrangère, elle reconnaissait tout, mais n'osait toucher. Elle effleura la commode de son fils du bout de l'index et les quelques autocollants qu'il y avait mis. C'étaient des autocollants de robots métalliques et de super-héros célèbres. Elle se souvint l'avoir disputé pour avoir fait cela, mais elle s'était résolue à les y laisser. Lorsqu'elle arriva devant le petit lit, elle se rendit compte qu'il ne l'avait pas fait ce matin-là. Le couvre-lit était replié juste assez pour pouvoir en sortir. Le drap avait même gardé la marque du corps du petit. Les larmes se firent plus fortes. Elle s'y assit, retenant ses sanglots. Cependant, elle n'y parvint pas lorsque ses yeux se posèrent sur le petit uniforme de scouts, déposé sur la petite chaise de Benjamin. Elle ne l'avait pas repassé comme promis.... Ce fut à ce moment précis qu'une pensée, qui ne lui avait pas encore effleuré l'esprit, l'assaillit. Elle réalisa qu'il n'irait pas au camp de scouts le lendemain. Cette dernière en amena d'autres, tout aussi déprimantes et dures. Il ne verrait plus les fêtes de fin d'année, ni Pâques, ni les fins d'années scolaires. Elle ne le verrait pas grandir et devenir un homme, ni avoir une petite amie, ou aller le chercher chez ses copains parce qu'il aurait trop bu. Elle n'assisterait jamais à son bal de graduation et ne deviendrait jamais grand-mère. Il n'irait jamais à l'université et ne travaillerait jamais. Au prise avec sa détresse et son désarroi, elle s'allongea dans le petit lit pour pleurer, totalement démunie. Son fils était mort depuis quelques heures, et elle n'avait aucune idée quoi faire. Jamais elle n'avait cru qu'une pareille chose pouvait lui arriver à elle ou à son fils. Lorsqu'elle l'avait salué ce matin-là, elle ne se doutait aucunement que c'était la dernière fois qu'elle le voyait vivant. Elle n'aurait aucun réconfort...ce n'était pas possible…. pas elle…. pas son fils….. pas comme ça…. non….. Elle murmura, la voix enrouée…. Benjamin…. Minuit sonna.

Samedi ou.......

James était un client occasionnel. Il venait de Toronto par affaire et restait quelques jours au plus à Montréal. L'homme de quarante ans, représentant pour une grande boîte publicitaire, avait un faible pour celui qui se faisait appelé Jay. Ils s'étaient rencontrés dans un bar gay quelques années auparavant et James avait craqué. Il profitait de ces visites dans la métropole québécoise pour retrouver son jeune amant.... qui se faisait grassement payé.... L'homme marié et père de deux enfants l'avait pris en affection, et bien qu'il était au courant des problèmes de consommation de Jay, (ses ecchymoses et ses traces de piqûres sur les bras ne mentaient pas), il continuait à le fréquenter. Après l'avoir retrouvé au centre-ville, James l'avait emmené dans un bar réputé du village, lui avait payé toutes ses consommations et ramené dans sa chambre d'hôtel. Ils venaient à peine d'entrer dans la chambre d'hôtel et s'enlaçaient. Ils s'embrassaient fougueuse-ment et se caressaient. Jay appréciait bien James, il était doux et gentil. L'homme prenait soin de lui et le payait bien. Il ne le jugeait pas et James était un bon amant. Les deux hommes se désha-billèrent et tombèrent dans le lit. Là, ils firent l'amour pendant un bon trente minutes. Ils avaient un réel plaisir à se retrouver ensemble, et bien que le mode de vie de Jay, était destructif, les deux profitaient de la présence de l'autre. Après leurs ébats, James s'endormit rapidement. Jay lui, attendit un peu. Lorsqu'il fut certain que son client dormait, il se releva et fouilla dans les poches de ses jeans troués. Il en sortit un petit sachet. Il agrippa son sac et alla s'enfermer dans la salle de bain. Quelques minutes plus tard, très détendu, Jay réapparut et s'allongea aux côtés de James. Là, il s'endormit.

Avec un mal de tête bétonné et une langue râpeuse, Jay se réveilla, perdu et déboussolé. Il chercha un court instant où il était, avant de se souvenir. Sur la table de chevet, il trouva une enveloppe qu'il ouvrit. Il y trouva quelques billets et un petit mot qui disait.

Merci pour le beau nuit. La chambre est payer jusque midi. Appel le service de chambre pour manger. Take care.... see you.... James.

Jay jeta un coup d'œil au réveil de l'hôtel. Quelle malchance songea-t-il, il était déjà onze heures et quart. Il se leva, flambant nu, et tituba jusqu'à la salle de bain. Il y entra et fit couler un peu l'eau de la douche. Il la mit le plus chaud qu'il pouvait supporter avant d'y entrer. Lorsqu'il y entra, la chaleur de l'eau le saisit mais il persista. L'eau était si chaude, qu'une épaisse vapeur s'en échappait, emplissant toute la pièce. Un coup acclimaté à la température de l'eau, il se lava et se délecta du fluide. Ce n'était pas souvent qu'il avait la chance de se laver, et comme l'hiver approchait à grands pas, il voulait faire le plein de chaleur. Il resta si longtemps sous l'eau, que la peau de ses doigts se fripa, il attendit encore un peu avant de sortir et se sécha avec les serviettes de l'hôtel. Il se rhabilla. Le jeune homme était assez grand et maigre, maladivement maigre. La pâleur de sa peau contrastait avec ses cheveux mauves, teints. Il avait quelques tatouages sur le corps, dont un de serpent au cou, et de nombreux piercings, dont un à la lèvre et au sourcil gauche. Sa garde-robe était d'une simplicité claire, un t-shirt noir d'un groupe rock quelconque, un jean noir et troué, une chaîne attachant son porte-monnaie et une veste de cuire, noire elle aussi. Après s'être habillé, il fourra deux serviettes encore propres dans son sac et déguerpit de là. Le froid de novembre le prit dans ses bras dès sa sortie de l'hôtel mais il ne broncha pas. Tous les employés et les quelques clients de l'hôtel, déjà levés, l'avaient regardé telle une bête de foire et il avait hâte de sortir de là. Dehors, il se retrouvait dans son élément, la rue montréalaise. Voilà bientôt quatre ans que notre jeune homme habitait la rue. Il avait quitté son patelin du nord à l'âge de dix-sept ans dans l'espoir d'échapper à sa vie merdique. Il avait bien travaillé quelques mois en arrivant en ville, mais lorsqu'il avait commencé à consommer, son maigre pécule n'avait pas suffi à éponger sa soif grandissante. La rue l'avait pris, lentement, mais sûrement, et le tenait désormais en entier dans ses griffes. Il se mit à errer, comme à son habitude, dans les rues du centre-ville. La faim se fit sentir un peu, il décida alors de manger une bouchée. Il entra dans un dépanneur et se prépara un café qu'il paya. Lorsqu'il en sortit, il sortit le beignet qu'il avait volé et le mangea. C'était sa meilleure stratégie. Payer un item, en voler un. Ça fonctionnait presque toujours et il était passé maître dans le vol à l'étalage. Il continua à marcher sans but, en mirant les gens. Lorsqu'il marchait dans la foule, il aimait bien observer les gens et leur inventer une vie. De temps à autre, il quêtait, mais depuis quelques années, la prostitution était devenue son principal gagne-pain. Plus rapide, plus payant, moins chiant..... Il n'avait aucun problème à se vendre comme cela, et parfois, des clients gentils, comme James, se montraient généreux avec lui. Néanmoins, la majorité n'était pas de cet acabit. Il avait bien eu de mauvaises expériences, mais toutes s'étaient réglées sans anicroches. Alors qu'il marchait, il sentit monter en lui un désir bien connu. Ce besoin, il le connaissait que trop bien et bien qu'il se voyait dépérir lentement à cause de lui, il avait décidé de le nourrir. Il bifurqua sur Sainte-Catherine et se dirigea vers la rue Ontario. Lorsqu'il arriva dans le quartier centre-sud, ce ne fut pas très long avant qu'il rencontre un visage connu. Il croisa T-bone en face d'une bâtisse délabrée et placardée. Le jeune homme, colosse vêtu du même style que le nôtre, le salua ainsi.

— Hey Charles, bonhomme, comment ça va? Dit-il, en lui serrant la main, en petit rituel macho.

Charles le salua de même manière.

— Bien, assez bien. Répondit-il.

Sur le ton du secret, T-bone lui offrit une cigarette.

— Tu cherches-tu que'que chose man?

T-bone avait vu juste, Charles prit une cigarette et l'alluma avec le briquet de son interlocuteur. S'étant dit l'essentiel, les deux s'engouffrèrent dans une ruelle malfamée pour effectuer leur transaction. Après coup, ils se dirigèrent dans une bâtisse, qui de l'extérieur, semblait bien abandonnée, mais qui dissimulait une activité grouillante. Les nombreux tags de la façade et les planches de bois à ses fenêtres ne dupaient aucun des utilisateurs, ils savaient tous que l'endroit était sûr....à tout le moins, encore..... T-bone et Charles y entrèrent et allèrent s'asseoir sur un tas de boîtes de cartons humides, à moitié pourries. D'autres personnes les saluèrent vaguement, sans trop d'enthousiasme, trop occupés à profiter de leur buzz. L'odeur du crack, de la mari et de la clope se mélangeait dans une exhalaison unique à cet endroit insalubre. Les visages étaient tristement vides, sans expression. Assis là, sur ce tas de boîtes, T-bone et Charles préparèrent leur dose. Ils remontèrent leurs manches pour dévoiler leur bras maltraité et bien tacheté de bleu. Ils prirent un lacet pour le serrer et firent bouillir leur substance. Après s'être injecté, les deux perdirent le cours de l'histoire et flottèrent dans leur bulle. Le monde ambiant perdit toute essence, la douleur corporelle et morale n'était plus qu'un lointain souvenir. Ils se sentaient hors de tout.

Lorsque l'effet commença à s'estomper, Charles se leva et se dirigea vers la sortie, encore tout assoupi. Avant de sortir, il fouilla dans ses poches pour voir combien d'argent il lui restait pour se rendre compte qu'il en restait juste assez pour un paquet de cigarettes et quelques bières dans un bar. C'était samedi soir, il devrait travailler. De nouveau dehors, le froid incisif ne le fit pas broncher. Le soleil était presque couché et le ciel gris commençait à devenir noir. Notre jeune homme se mit à errer dans les rues, totalement stone. Il déambulait sans but et sans goût de rien. Lorsqu'il commença à grelotter, il referma la fermeture éclair de sa veste afin de garder un peu sa chaleur. Comme le temps passait et la nuit avançait, il se rendit à son coin de rue préféré pour attraper des clients. Il était encore trop tôt, il ne réussirait pas tout de suite. Il décida de manger une bouchée. Il entra dans un autre dépanneur pour acheter un croissant au jambon et une liqueur douce. À sa sortie, il mangea le tout et jeta la croûte au sol. Il retourna à son coin de rue pour retrouver quelques collègues, chacun de leur côté. La compétition n'était pas si forte, il était le seul garçon du coin. Il y avait Dolly, la travestie en face et Noémie, la junkie. Quiconque venait, pouvait trouver ce qui lui plaisait. Une voiture passa mais n'arrêta pas tout de suite. La petite berline bleue ralentit et se tourna. Elle s'arrêta devant notre jeune homme, qui s'appuya au rebord de la fenêtre qui descendait. L'homme dans la quarantaine avancée fumait nerveusement. Il lui dit.

— Salut.

Notre jeune homme répondit.

— Salut.

L'homme ne parlait pas, il le regardait de cet air d'envie et de désir, mais n'osait parler.

— Ça fait que, c'est qu' tu veux? Demanda notre jeune homme, nerveux et ne voulant pas passer la nuit au poste.

L'homme tapota son volant, anxieux. Notre jeune homme perdit patience et décida de précipiter les choses, il n'était pas en reste et savait qu'il était tout de même joli, il pouvait se permettre d'être un peu rude.

— Hey bonhomme, décide-toé, j'ai pas toute la nuit. Si tu veux rien, j'crisse mon camp.

Voyant que le jeune homme qu'il désirait allait partir, l'homme osa.

— Attends.... c'est combien.... pour une pipe? Balbutia-t-il.

Notre jeune homme sourit intérieurement.

— Pour toé? 30 piasses.

L'homme n'était pas un habitué, c'était évident. Il dit, la voix coupée.

— C'est beau, embarque.

Il déverrouilla la portière et notre jeune homme monta. Ce dernier dit.

— Va t'en dans un parking pas trop loin, je veux revenir après.

L'homme acquiesça. Il le regardait avec un air que notre jeune homme connaissait bien et qu'il s'était conditionné à ne plus remarquer. Ils avaient presque tous dans les yeux, cette étincelle morbide qui faisait peur parfois. L'homme lui dit en lui caressant la cuisse.

— T'es beau.

Notre jeune homme hocha de la tête sans rien dire, habitué à ce genre de répliques qui ne le touchait plus depuis longtemps.

— C'est quoi ton nom? Demanda l'homme.

— Richard. Dit-il.

Notre jeune homme ne mentionnait jamais son vrai nom, et ce, à qui que ce fut. Il n'avait plus de papiers d'identification et la seule chose qui lui appartenait encore, était son prénom. Il ne le dirait que s'il en éprouvait l'envie. Ce n'était jamais arrivé depuis qu'il vivait dans la rue. Quelle utilité? Pensait-il.

— Toé? Demanda Richard.

L'homme sourit.

— Mario.

— Tu fais quoi dans' vie Mario? Demanda Richard.

Mario se sentait plus à l'aise maintenant que les présentations avaient été faites, il se laissa aller.

— Je suis contre-maître.

Richard n'en avait absolument rien à foutre, cependant, pour accrocher des clients avec l'espoir qu'ils deviennent réguliers, il fallait se montrer docile et intéressé. Mais avec sa belle gueule, Richard savait qu'il pouvait se permettre quelques écarts de conduite. Il était insaisissable, ce qui attirait naturellement les gens vers lui. Mario tourna dans un stationnement quelques rues plus bas et éteint le moteur.

— Veux-tu une bière? Demanda l'homme, en tirant un sac de plastique de l'arrière de la voiture.

Richard accepta et prit une canette. Les deux les ouvrirent et burent un peu. Ils fumèrent une cigarette tout en parlant de tout et de rien. Pour des raisons qui lui échappaient, certains clients ressentaient le besoin de parler avant. D'autres eux, ne disaient rien. Après leur bière, Mario offrit une ligne de cocaïne à notre jeune homme qui accepta. Tout de suite après, Mario s'approcha de lui pour l'embrasser. Il prit la main du jeune homme pour la mettre sur son sexe. L'homme devint excité et défit sa fermeture éclair. Richard l'embrassa encore un peu avant de descendre. Il commença son boulot sous les gémissements de plaisir de l'homme. Au milieu de la job, Richard se releva pour lui dire.

— Dis-moi quand tu vas venir.

L'homme, trop excité, accepta rapidement. Richard continua, si bien, que Mario en oublia son avertissement. Il n'eut pas le temps de l'avertir. Lorsqu'il eut joui, Richard, éclaboussé, ouvrit la portière pour cracher et s'essuya le visage, visiblement en colère.

— Tabarnac! Je t'avais dit d'me le dire!

Mario vint mal à l'aise. Il se perdit en excuses confuses.

— Chuis.... hey, j'm'excuse..... j'voulais pas.....

— C'est beau, laisse faire. Dit Richard.

Le jeune homme ne le regardait plus. Mario resta penaud.

— Ramène-moi en ville s'il te plaît.

Mario acquiesça sans ne rien dire et démarra la voiture. Il s'engagea sur la rue Papineau et se dirigea vers le nord. Arrivé sur Ontario, Richard lui dit de s'arrêter au même coin de rue où il l'avait embarqué. Mario lui tendit les trente dollars. Notre jeune homme les prit et descendit du véhicule sans même le saluer, encore insulté de la bévue de l'homme. Mario n'était pas méchant, certes, il l'accepterait encore comme client, mais il savait à quoi s'attendre avec lui!!!

Notre jeune homme revint à son coin favori, Dolly avait eu un client puisqu'elle n'était plus là. Le temps passa sans qu'aucune voiture ne ralentisse. Notre jeune homme perdit un peu espoir de voir d'autres clients. Certaines nuits pouvaient être très fructueuses, tandis que d'autres s'avéraient désastreuses. Soudain, alors qu'il songeait à aller se soûler dans le village, une voiture noire, coupée sport, s'approcha et s'arrêta. La fenêtre de la voiture descendit pour laisser apparaître un bel homme, d'une trentaine d'années. Il était rasé et sans doute soldat vu sa chaîne et son fort gabarit. Cependant, il ne souriait pas. Notre jeune homme refit le même jeu qu'avec Mario, il s'accota sur la fenêtre pour tomber nez à nez avec l'homme qui lui dit.

— Combien tu charges pour la nuit?

Notre jeune homme sourit un peu devant l'impétuosité de l'homme.

— 200.

— C'est beau embarque. Dit le soldat.

Notre jeune homme monta dans le véhicule qui quitta l'endroit.

— C'est quoi ton nom? Moi c'est Marc. Demanda notre jeune homme.

Le soldat ne dit rien. Lorsque Marc répéta sa question, le soldat répondit sèchement.

— C'est pas de tes affaires c'est quoi mon nom.

Marc vit bien que l'homme n'était pas des plus sympathiques, mais ça ne lui importait pas. Il en avait vu de tous les types et styles. Cependant, lorsqu'il vit que la voiture allait s'engager sur une autoroute, Marc eut légèrement peur.

— On va pas à l'hôtel?

Le soldat répondit tout aussi sèchement.

— Je t'amène chez nous, c'est un problème?

Marc préférait rester au centre-ville, il n'aimait pas l'idée de ne pas savoir où on l'amenait. Il lui dit.

— Hey man, je veux rester au centre-ville, désolé, débarque-moi icitte.

Voyant qu'il allait le perdre, le soldat décida d'élever son offre.

— Il y a un métro pas loin. En plus, je te donne 300 si tu restes, ça marche-tu?

Attiré par le profit, Marc accepta. De plus, la voiture se gara dans une cours extérieur assez près du centre-ville puisqu'il voyait encore les gratte-ciels d'où il était. La maison était sobre mais familiale. Malgré la noirceur, Marc put distinguer des pots à fleurs et des volets peints. Les deux hommes entrèrent dans la petite maison. La porte d'entrée débouchait sur le salon et la salle à manger. La décoration était rustique et semblait datée des années quatre-vingts. La tapisserie était laide et jaune et la seule lampe du salon avait un immense abat-jour gondolé et un pied vert bouteille. Le soldat n'avait pas de temps à perdre, alors il mit de la musique, agressive, même pour Marc. Il enleva sa veste et son t-shirt pour dévoiler son corps musclé. Seule sa chaîne de soldat tombait sur sa poitrine. Marc dévêtit son frêle corps. Le soldat ne perdit pas de temps, il le saisit par les bras et le mit à genoux.

— Suce-moé..... lui ordonna-t-il.

Le soldat sortit son engin de ses pantalons et Marc, encore troublé par l'attitude de l'homme, s'exécuta. Cependant, il se mit à douter de ses talents lorsqu'il se rendit compte que l'homme n'arrivait pas à avoir une érection. Malgré tout son savoir-faire, rien n'y faisait. À un moment donné, le soldat perdit patience et gueula.

— Awoye... suce osti de tapette!

Marc ne réagit pas devant la violence des propos du soldat, il était habitué à certains fétiches. Cependant, après cinq minutes, Marc n'avait plus de salive et le soldat était aussi mou. Lorsque le soldat l'invectiva de nouveau, Marc se montra arrogant.

— Hey man, c'est pas de ma faute si tu bandes mou criss..... dit-il, sur un ton ironique.

Peut-être aurait-il dû se méfier! Cette dernière remarque insulta tellement l'homme qu'il le frappa violemment au visage prenant Marc par surprise.

— Ma criss de tapette, c'est quoi que tu viens de dire? Répéta le soldat, hors de lui.

Marc fut si surpris qu'il ne réussit qu'à se mettre la main sur le visage. Encore à genoux, il regarda le soldat et lui dit, sous le choc, espérant lui faire comprendre.

— T'es un criss de malade toé!

Cette réplique n'eut pas l'effet escompté. Le soldat asséna un violent coup de pied à Marc en pleine poitrine ce qui lui coupa immédiatement le souffle. À cet instant, Marc eut vraiment peur pour sa vie. Alors qu'il essayait de se relever, en toussotant, le soldat lui frappa le visage d'un fort coup de poing qui arracha son piercing à la lèvre qui se mit à saigner sur le champ. Ne voyant pas d'issue, Marc lui mordit la cheville et se dirigea vers la salle de bain. Le soldat, furieux, poussa un puissant cri de douleur et le poursuivit. Marc eut juste le temps de refermer la porte devant lui et de la verrouiller. Le soldat commença à frapper la porte et à crier.

— MA CRISS DE TAPETTE!!! M'AS TE TUER!

Marc ne savait plus quoi faire, il tremblait, à moitié nu et recouvert de sang. Soudainement, le soldat défonça la porte blanche et parvint à la déverrouiller. Marc tenta bien de le dissuader et de le calmer mais la fureur du soldat était si grande qu'il n'entendit rien. Ce dernier réussit à entrer et il le refrappa au visage ce qui le fit tomber au sol. Malgré les supplications du jeune homme, il continua de la frapper encore et encore. Il l'insultait sans relâche. Par la suite, il le prit par les cheveux et le tira au-dessus du bol de toilette pour lui enfoncer la tête sous l'eau.

— T'aimes ça la marde osti d'mangeur de bite! Manges-en colisse!

Marc était si terrorisé, il voulait résister mais n'en avait pas la force. Les forces étaient bien inégales. L'eau de la cuvette devint toute rouge et on entendait seulement les gémissements d'efforts du soldat et les bouillons du jeune homme qui ne se débattait presque plus. Notre jeune homme perdait ses forces et ne pouvait guère lutter. Alors que l'eau entrait dans ses poumons, la peur disparut doucement. Une torpeur l'empoigna. À ce moment, des souvenirs lui semblant venir d'outre-tombe lui revinrent. Il fut transporté dans un monde où toute la violence, la drogue et le sexe n'existaient pas encore. Une époque plus simple, plus douce, où son innocence n'avait pas encore été altérée. C'était de petits instants simples de son enfance. Il revit le sourire de sa petite sœur et entendit son rire. L'odeur des tartes aux pommes de sa grand-mère et la sensation soyeuse et rugueuse à la fois de ses joues lorsqu'il l'embrassait avant d'aller dormir. La sensation du vent sur les rives du lac, dont il ne connaissait pas le nom, où sa famille et lui allaient camper. La sécurité qu'il ressentait dans sa famille avant que ses parents ne décèdent. Les petites joies qu'il avait eues avant cette famille d'accueil..... Tout à coup, semblant ne sortir de nulle part, sa conscience lui revint avec la ferme intention de ne pas mourir sordidement là. Une force insoupçonnée s'empara de lui. Revenant à lui, il agrippa les organes génitaux de son assaillant et les tordit. Sous la douleur et la surprise, l'homme quasi convaincu d'avoir tué le jeune homme finit par tomber. Libéré, notre jeune homme se releva et toussota recrachant l'eau. Le soldat se releva, et galvanisé, se précipita sur lui. Notre jeune homme ne fit ni un ni deux, il prit le couvercle de porcelaine du réservoir de la toilette et prit un élan pour frapper le soldat au visage. Ce dernier en tomba à genoux, mais n'était pas arrêté. Sa tempe saignait, mais notre jeune homme lut dans ses yeux qu'il n'aurait la paix que s'il le mettait K-O. Il lui donna un second coup qui le fit tomber au sol. Haletant, en état de choc, voyant le soldat saigner abondamment sur le carrelage, il laissa tomber le couvercle qui se brisa. Il resta là quelques instants, haletant, ne sachant que faire. Sa raison le ramena à la réalité. Il sortit de la salle de bain, se rhabilla en vitesse et ramassa ses affaires. Il ne vola rien au soldat, en fait il n'y songeait même pas. Tout ce qu'il voulait, c'était sortir de cet enfer. Il quitta la maison sans même fermer la porte et se mit à marcher rapidement, mu par une force sans nom. Il était trempé et saignait encore un peu. Il s'alluma nerveusement une cigarette et referma sa veste. Le froid gela ses cheveux mouillés sur sa tête en une coiffure hirsute. Il grelottait, pétrifié et perdu. Il marchait sans but, avec détermination sans comprendre qu'il venait d'échapper à la mort.....

Lorsqu'il releva la tête, il se rendit compte qu'il était sur la rue Sainte-Catherine et qu'il n'avait aucunement compris comment il avait bien pu aboutir là. La confusion était totale, mais il était en vie. À chacune de ses respirations, un froid intense s'immisçait en lui, par contre, il ressentait presque du plaisir à sentir ce pince-ment. Il voulut traverser la rue mais ne vit pas une voiture qui venait en sens inverse. La femme appuya sur les freins juste à temps, mais sortit notre jeune homme de ses songes. La dame inquiète, sortit de sa voiture. À ce moment, une fine neige se mit à tomber. Elle lui dit.

— Ça va tu? Je suis désolée.....

Notre jeune homme se retourna pour la regarder, présentant son visage en piètre état à la femme. Cette dernière, âgée d'une cinquantaine d'années, avait une physionomie qui inspirait à la confiance. Elle était potelée, avec de grosses joues rieuses et un regard bienveillant. Lorsqu'elle le vit, sa coupure à la lèvre, ses bleus au visage, tout grelotant, tout blême, son gros cœur de mère fit quelque chose à quoi elle ne s'attendait même pas.

— T'es sûr que ça va? Demanda-t-elle.

Notre jeune homme réitéra et reprit sa marche. Aucune-ment convaincue devant cette vision, elle lui cria d'attendre, chose qu'il ne fit pas. Elle retourna dans sa voiture et le suivit. Quelques pâtés de maison plus bas, notre jeune homme se rendit compte qu'elle le suivait. Il s'arrêta net pour lui faire gentiment signe de partir. La femme se stationna et ressortit de sa voiture.

— Qu'est-ce qui t'est arrivé? Demanda-t-elle, persistante.

Notre jeune homme allait perdre patience, mais ce fut là, qu'il vit dans son regard, quelque chose qu'il n'avait pas vue depuis fort longtemps, de la bonté.

— Rien, je vous assure.... rentrez chez vous.

La femme continua.

— Je peux faire quelque chose pour toi?

Notre jeune homme lui fit signe de la tête que non. Il se retourna pour partir lorsqu'elle lui donna un argument qui fit pencher la balance en sa faveur. Elle ne savait pas pourquoi, mais elle sentait, au fond d'elle-même, qu'il avait besoin d'aide et qu'elle devait l'aider.

— Voudrais-tu que je te paie à manger?

Il y avait si longtemps qu'il avait eu un vrai repas, et étrangement, il eut faim. Il se retourna pour la regarder, touché par les insistantes attentions de cette pure inconnue. Lui-même surpris, il accepta. Ils étaient devant un restaurant classique où l'on serre hot-dog, poutine et autres bouffes trop grasses. Ils y entrèrent et s'y assirent. Une serveuse d'une quarantaine d'année, vêtue de son costume carrelé rose, vint prendre leur commande.

— Bonsoir, vous allez prendre quoi?

Notre jeune homme regarda la femme, comme pour avoir son approbation. Elle lui dit.

— Prends ce que tu veux.

Notre jeune homme sut tout de suite ce dont il avait envie.

— Je voudrais un club sandwich avec un coke, pis deux pickles s'il vous plaît.

— Pour madame? Demanda la serveuse.

— Juste un café merci.

La serveuse les quitta. La dame continuait de le fixer de ses petits yeux gentils, tandis que notre jeune homme l'évitait. Il y avait un malaise entre les deux, ils n'auraient jamais dû se rencontrer, mais ils étaient bien là, assis l'un devant l'autre. Quelques minutes s'écoulèrent avant que la serveuse ne revînt avec la boisson gazeuse et le café. Un peu plus tard, le repas de notre jeune homme arriva enfin. Pris d'une faim profonde et presque animale, il entama à grosses bouchées son repas. Après un long silence, forcé par le repas, la femme le brisa.

— Comment tu t'appelles dis-moi?

Notre jeune homme s'arrêta pour la considérer. Mais que lui voulait-elle? Elle semblait être une femme normale, dénuée de toutes mauvaises intentions. Pour une raison qui lui échappa, il répondit.

— Je m'appelle Adam.

La femme lui tendit la main, lui sourit et dit.

— Moi, c'est Solange.

Les deux se serrèrent la main poliment. Ils commencèrent à discuter ensemble. Adam ne se souvenait plus quand il avait dit son nom pour la dernière fois, cependant, il s'était très bien rendu compte qu'il y avait bien longtemps qu'il l'avait fait. Quelque chose avait changé en lui. Il n'aurait pas encore pu le nommer, mais cela allait changer sa vie pour toujours. Une force de résilience qu'il ne soupçonnait pas avoir, l'avait poussé à survivre, il essaierait désormais de s'en sortir! Et là, Adam et Solange parlèrent longuement. Minuit sonna.

Dimanche ou Joseph

Le vieux réveil faisait aller ses aiguilles dans un cliquetis puissant lorsque la petite languette métallique se mit à frapper les deux clochettes dorées, disposées sur ses côtés, dans un mouvement saccadé. Il était neuf heures. Le vieil homme fut extirpé de son sommeil à ce moment. Il ouvrit ses yeux plissés pour tomber nez à nez sur son chat, Grisou, qui le regardait. Il sourit immédiatement devant la vue de son vieux matou tigré. Joseph Jaworski était un homme de 88 ans, né en Pologne, et immigré au Québec au commencement de la Seconde Guerre Mondiale. Il avait fui à l'âge de dix-huit ans l'enfer qui s'était abattu sur sa patrie et n'y avait jamais remis les pieds...... ayant perdu tous ceux qui auraient pu l'y ramener après la guerre. Cependant, il serait faux d'affirmer qu'il était une victime, ses pattes d'oie rieuses témoignaient de la grande tendance de l'homme à sourire. Il avait connu moult joies dans sa vie, et en bon catholique qu'il était, louait le Seigneur pour tous les biens faits dont il avait bénéficié lors de son existence. Il se leva promptement et mit ses pantoufles de laine brune. Il prit ses vêtements sur sa chaise de chevet et se dirigea vers sa salle de bain, suivi de Grisou, qui se frottait contre ses jambes. La vieille maison avait été décorée dans les années quarante, quelques années après le mariage de Joseph et Huguette. La majorité des meubles datait de l'époque et avait cette grâce, ce souci du détail, que l'on ne retrouve plus aujourd'hui. Les sculptures ornaient chacune de leurs parties, les tapisseries vieillottes, mais tout de même jolies, habillaient les murs, et de lourds rideaux blancs, recouvraient les fenêtres. De nombreux cadres, accrochés ça et là, témoignaient eux aussi de la longue histoire de la demeure. Les mariages, les baptêmes, et tous les événements importants d'une vie s'y retrouvaient, les plus anciens en noir et blanc, les plus récents en couleurs. Il y avait aussi cette odeur bien particulière des vieilles demeures, chaude et humide, épicée, presque sucrée. Tout ce style classique d'antan donnait à cette maison une âme et une personnalité très appréciable. Joseph prit une douche dans sa baignoire de porcelaine blanche avant de s'habiller. Alors qu'il sifflotait un air polonais, Grisou le regardait d'un œil curieux. L'homme mit ses chaussettes et ensuite ses pantalons beiges. Il les attacha à l'aide de bretelles avant d'enfiler une grande chemise blanche. Lorsque cela fut terminé, il prit une cravate assortie et la noua, d'un geste habitué. Bien qu'il fît vite, Grisou avait grand faim, alors l'animal réitéra son désir de manger en se frottant de nouveau contre la jambe de l'homme, tout en laissant échapper un miaulement rauque cette fois-ci. Joseph eut un léger rire.

— Une minute vieux grincheux, j'ai presque terminé, répondit l'homme.

Il se regarda une dernière fois dans le miroir, sa tête dégarnie, sa peau ridée ne l'empêchaient aucunement d'obtenir l'effet voulu, il était chic. En sortant de là, il prit son veston, beige lui aussi, et descendit le vieil escalier de bois verni. Ses pas étaient lents et faisaient craquer les marches, Grisou était déjà en bas et tournait sur lui-même tellement la hâte de manger le tiraillait. Le chat se remit à miauler, espérant énerver l'homme pour qu'il se dépêchât. Joseph arriva au rez-de-chaussée et bifurqua vers la cuisine, il poussa la porte-battante et alla directement devant le pot de croquettes sèches du félin pour lui en donner au plus vite. Grisou commença à manger en même temps que l'homme versait la nourriture. L'animal se nourrissant, il était maintenant l'heure pour lui de faire de même. Joseph se prépara du café, des rôties et des œufs brouillés. Lorsque tout fut prêt, il alluma la vieille radio et s'assit pour manger. L'homme aimait bien que tout soit en ordre, son couvert était impeccable: napperon, fourchette, couteau, serviette.... Comme le son de la radio n'était pas net, il se releva pour l'ajuster. Les crépitements finirent par arrêter et l'homme retourna à son déjeuner. Grisou avait déjà terminé lui, il était grimpé sur une chaise pour regarder son maître, toujours aussi curieux. L'homme se passionnait pour les animaux et avait toujours été ainsi. Il aimait leur compagnie et du plus loin dont il se souvenait, il en avait toujours eu au moins un, lorsque ce n'était pas plusieurs! Son premier animal de compagnie avait été un petit lapin, que sa vieille tante Natalie lui avait offert en cadeau, lors d'un séjour à la campagne, lorsqu'il était encore enfant. Ensuite, il reçut un petit chien, un cocker, et les souvenirs se succédaient ainsi jusqu'à Grisou. L'homme mangeait en écoutant la radio, mais de loin, totalement plongé dans ses souvenirs. Il finit par terminer et retomba sur les yeux curieux de son animal, en se levant, il lui flatta la tête.

— Petit coquin! Dit-il, la voix pleine d'affection.

La vieille horloge grand-père du salon se mit alors à sonner les dix heures. Il devait se hâter, pensa-t-il. C'était dimanche, mais étrangement, ce jour-là, en particulier, il n'irait pas à la messe. Il se dirigea vers le hall de la maison où il prit un lourd manteau de laine bigarré. Il l'enfila et couronna le tout d'un petit béret gris. Il s'assit alors sur un petit banc, installé là expressément pour cela, et commença à mettre ses souliers noirs. L'homme peinait sous l'effort, plié en deux ainsi, il ne se sentait pas bien, et ce geste si anodin pour plusieurs, devient difficile avec l'âge. Après avoir réussi sa pénible tâche, légèrement essoufflé, il sortit un petit mouchoir de soie blanc de sa poche pour éponger la petite sueur qui lui recouvrait le front. Tout cela fait, il était fin prêt. En sortant, il remarqua Grisou, assis devant le hall, qui le regardait toujours. Attendri, il ne put s'empêcher de lui dire.

— À tout l'heure mon vieux, je reviens dans une heure ou deux.

Il ferma la porte et la verrouilla avant d'aller vers son garage. Il y entra et monta dans sa vieille Monte Carlo 1984. Le vieux véhicule était toujours en bon état par contre. La peinture lustrée était d'origine, Joseph limitant ses déplacements en hiver, et le moteur était en excellentes conditions. Il la démarra, mit ses lunettes et fit monter les porte électrique du garage, la plus grande innovation de la maison, et quitta finalement. L'homme âgé conduisait lentement, un peu moins que la limite permise, il préférait être prudent. Rendu à peu près au milieu de sa rue, une voiture coupée sport, d'où on entendait une musique rock assez forte s'échapper arriva derrière lui. Le jeune homme et sa copine, vêtus de vestes de cuir et recouverts de tatous, trouvaient que le vieux ne conduisait pas assez vite selon eux. Impatient comme pas un, il se mit à klaxonner, dans l'espoir qu'il bougeât. Joseph regarda dans son miroir central ce qui se passait. Ce fut alors qu'il vit le jeune homme lui faire signe de se tasser sur le côté. Le civisme faisait partie des valeurs de Joseph, ne voulant être un boulet pour personne, il obtempéra sans broncher. Il alluma même son clignotant. Lorsque le jeune homme et sa copine furent vis-à-vis de lui, il abaissa sa fenêtre pour lui crier :

— Hey vieux criss, les routes sont pas faites pour les vieux débris comme toé!!!

Phrase gratuitement méchante qui fut acclamée des rires de sa dulcinée. Joseph les regarda quitter à la hâte, faisant crisser leurs pneus, et ne dit rien. Que pouvait-il dire ou faire? À son âge, il n'allait tout de même pas rouspéter à un jeune capable de l'envoyer valser d'un seul coup de poing! De toute façon, bien que ses critiques fussent blessantes, il tâchait de ne pas trop y porter attention. Le temps les rattraperait se disait-il, un jour, ils seraient à sa place et d'autres jeunes cons viendraient les troubler lors d'une balade dominicale sans aucune raison qui vaille! Cependant, il se rappela qu'à son époque, dans sa jeunesse, les jeunes ne se seraient jamais adressés ainsi à une personne âgée, jamais! Le respect était bien plus naturel, mais bon, il chassa ses pensées amères et continua sa route, le petit sourire béat revenu. Il ne voulait pas gâcher sa journée, sous aucun prétexte, surtout pas à cause des imbécilités déblatérées par un jeune sans savoir-vivre. Non, pas ce jour-là, pensait-il. Quelques pâtés de maisons plus loin, il se gara devant une petite fleuristerie, tenue par un italien. Il y allait depuis presque trente ans, et y retournait encore. Il était un client fidèle. Il entra et salua Massimo, le fils qui avait repris l'entreprise familiale de son père, Giuseppe.

— Bonjour mon cher Massimo, *como staï?*

L'homme de quarante-cinq ans lui répondit de même.

— Molto bene! Que puis-je faire pour vous mon cher monsieur Jaworski?

Joseph s'approcha du comptoir pour mieux apercevoir les arrangements floraux proposés. Il mit ses lunettes sur le bout de son nez et se mit à scruter minutieusement tout ce qui se présentait à lui. Il y avait plusieurs modèles en vrac, mais aussi, des photos d'arrangements que la boutique faisait. Ses sourcils se froncèrent, n'aimant pas ce qu'il avait sous les yeux.

— Rien ne vous plaît? Demanda Massimo, en bon vendeur qu'il était, sachant reconnaître un client satisfait de celui qu'il ne l'est pas.

L'homme secoua ardemment la tête avant de dire.

— Non, ces deux modèles là sont trop fauves, ils ne me conviennent pas, et ceux-là, il y a trop de flafla inutile. Je cherche quelque chose de plus sobre et vivace. Ne pourrais-tu pas me faire un arrangement mon bon ami?

Massimo sourit au vieil homme et s'approcha de lui.

— Venez avec moi, et montrez-moi donc ce que vous souhaitez.

Là, les deux hommes choisirent des fleurs pour un montant exact de 54 dollars. Joseph, finalement satisfait, se remit à sourire, il paya l'italien et quitta en direction de sa seconde destination de la journée.

De la voiture, il vit bien son église paroissiale, il s'y rendait tous les dimanches depuis des années. Il avait toujours été croyant et avait décidé d'apprendre le français à son arrivée au Québec, voulant se marier à une catholique. Deux ans après son arrivée, il avait fait la connaissance d'Huguette Villeneuve, et en était tombé éperdument amoureux. Ils s'étaient mariés en 1947 et avaient eu quatre enfants ensemble. Joseph aurait bien aimé en avoir plus, néanmoins, la santé fragile de sa femme, et une infection soudaine, ne leur permirent pas. Mais ce jour-là était spécial, il n'allait pas à la messe, il avait une visite d'importance à faire. Tous les ans, et ce depuis huit ans, ce jour-là, il le réservait pour cette visite-là. Il tourna un coin de rue et vit le cimetière un peu plus bas. Il rangea sa voiture sur le côté et en descendit. Le soleil était déjà haut dans le ciel et éclairait les dernières feuilles encore accrochées à leurs branches. L'air était tiède, mais se réchauffait un peu. Joseph entama le petit chemin qui le menait à la pierre tombale de sa défunte épouse. Un instant, il crut s'être perdu, mais se souvint que la tombe était légèrement plus loin. Lorsqu'il arriva devant elle, il la salua, avant de s'y agenouiller difficilement. Ses genoux tremblèrent tant, qu'il dût poser sa main sut la tête de la pierre pour s'aider. Lorsqu'il fut à genoux, il se recueillit pour prier. Il sortit son petit chapelet, celui que sa grand-mère maternelle lui avait offert lors de son acte de Foi, et récita le Notre Père en polonais. Ensuite, il posa ses yeux, tous désolés, sur l'épitaphe de sa femme.

Huguette Villeneuve Jaworski
Mère et épouse bien aimée.
Repose en paix.

L'homme soupira profondément, toujours triste, malgré les années, que sa femme l'ait quitté. Il avait passé près de cinquante ans auprès d'elle, et maintenant, il était seul, plus que jamais. Il sortit un papier froissé de sa poche et se mit à lire.

— Ma chère Huguette, c'est moi, Joseph, comment vas-tu? Je viens te voir aujourd'hui, pour souligner ton départ. Il y a huit ans même, tu nous quittais après un dur combat contre le cancer. Tu t'es éteinte, entourée de ta famille, qui t'aimait à l'époque, et qui t'aime encore aujourd'hui, et t'aimera encore demain.

Pris par l'émotion, ses mains se mirent à trembler et sa voix devint cassée. De petites larmes commencèrent à rouler dans ses yeux flétris, ce qui rendit sa lecture difficile.

— Tu sais…. je… je me suis toujours demandé pourquoi Dieu était venu te chercher toi avant moi, je crois que tu aurais été plus forte que moi ma douce. Je me souviens encore maintenant, du jour où nous nous sommes rencontrés devant l'atelier de ton père, de notre première sortie au resto *Chez Dan*, de notre mariage à l'Église Sainte-Marie-de-Lourdes, et du jour où tu as mis au monde Anne. Nous avons partagé tant d'années ensemble, je… ne peux pas venir ici sans te dire à quel point tu as été importante dans ma vie, et comment tu l'es encore….. même si tu es décédée il…. y a de cela… huit ans, tu me manques….. horriblement….

Après ces paroles, il enleva ses lunettes, pour essuyer les larmes qui roulaient sur ses joues, et caressa de l'index le nom gravé de son épouse. Il eut un petit sourire amer avant de soupirer de nouveau. Il lui semblait que le temps avait passé trop vite et que sa vie, non pas qu'elle avait été courte ou peu remplie, mais n'était plus la même sans elle. Ce fut alors qu'il entendit une petite voix aigue ce qui attira son attention. Une petite fille châtaine faisait aller ses nattes en courant dans sa direction. Cela lui prit quelques secondes avant qu'il ne la reconnaisse. C'était Leyla, sa petite-fille.

— GRAND-PAPA! Criait-elle.

La petite fille arriva, bouquet de fleurs à la main et l'embrassa sur la joue.

— Leyla! Dit-il, surpris de la voir là.

— Mais que fais-tu ici? Où est ta mère?

— J'suis venue voir grand-maman, maman est dans l'auto, elle m'attend. Rétorqua l'enfant.

Elle se mit aussi à genoux et déposa les fleurs à côté de celles de Joseph. Voulant l'imiter, elle joint ses mains et pria aussi.

Joseph était intrigué, il la regardait, comme Grisou le regardait quelques moments auparavant.

— Leyla, mais que fais-tu ici, veux-tu bien me dire? Demanda-t-il.

Leyla le regarda de ses petits yeux pers perçants et lui sourit.

— Je te l'ai dit. J'suis venue voir grand-maman. Dit-elle, tout naturellement.

Le vieil homme avait bien compris, mais cela l'étonnait tout de même.

— Oui ma chérie, mais tu as sept ans, tu n'as jamais connu ta grand-mère. Dit-il, cherchant une réponse.

Leyla acquiesça en hochant de la tête, mais elle savait très bien pourquoi elle venait quand même.

— Je sais, je l'ai pas connue. Mais c'est ma grand-mère tu comprends? Et je l'aime quand même! Dit-elle, toute convaincue.
Joseph n'en croyait pas ses oreilles, il se sentit rempli d'une telle tendresse que lui-même en fut ému. Il échangea un long regard avec la petite, de la voir là, toute bien mise, toute gentille et attentionnée le rendait très heureux.

— Tu as bien raison ma p'tite, je suis désolé. Dit-il en l'embrassant sur le front.

Que sa petite-fille, qui n'avait jamais connu sa femme, vienne quand même se recueillir sur sa tombe, lui donnait un bonheur intense qu'il n'avait pas ressenti depuis très longtemps. Quelqu'un d'autre pensait à Huguette, songeait-il et l'aimait. Son cœur était moins lourd….

— Ta mère est là? Demanda-t-il.

— Oui, à côté.

— Allons la voir. Dit-il.

Il se releva, avec l'aide de la petite et les deux se mirent à marcher en direction de la sortie. Là, ils trouvèrent la berline d'Hélène. Lorsque la femme vit arriver son père en compagnie de sa fille, elle fut si surprise, qu'elle s'excusa à son patron, à qui elle parlait au cellulaire et sortit de la voiture.

— Papa! Dit-elle, en lui donnant un baiser la joue.

Joseph sourit, très heureux de la voir, et ne songea pas un instant que sa fille n'était pas allée se recueillir sur la tombe de sa mère.

— Ça fait longtemps, dit-il.

La femme était confuse, elle se mit à se gratter la nuque, mal à l'aise.

— Ben oui hein, à ta fête je pense.

Leyla alla se placer auprès de sa mère, faisant face à son grand-père.

— Et puis Luc? Demanda Joseph.

— Oh, il est à sa partie de soccer. Tu sais les ados hein….

Un silence, qu'Hélène trouvait long, s'installa.

— Alors, quand viendrez-vous me rendre visite? Demanda Joseph.

L'homme savait bien qu'il mettait sa fille dans une situation délicate, surtout que Leyla était là, mais ce n'était pas si important selon lui. Il devait bien demander.

— Ben, t'sais papa, on est ben occupés là, j'ai commencé une nouvelle job, pis les enfants ont l'école, Marc a eu une promotion, il a des heures pas possibles pendant la semaine.

— Mais il y a les fins de semaines aussi, vous pourriez venir souper, le dimanche soir, ça me ferait plaisir. Ajouta Joseph.

La joie emplit la petite à cette offre.

— Oh oui maman, dis oui, ce serait le fun!

Hélène était dans une situation plus que compliquée maintenant, elle ne pouvait aucunement avouer à sa fille qu'elle n'avait aucune envie de forcer son mari, son fils, et elle-même à aller voir son vieux père, qu'elle adorait, certes, mais qu'elle ne voulait pas trop fréquenter. Joseph le savait, très bien, il n'était pas sénile, ni fou, il savait bien l'idée que se faisaient les gens des personnes âgées, mais ils étaient sa famille, tout ce qui lui restait après sa femme et sa carrière. Il se devait d'essayer.

— Hélène. Dit-il, sérieux comme elle l'avait rarement vu.

Ce ton interpela la quarantenaire au point où elle le regarda dans les yeux.

— Je veux pas vous forcer tu sais. Je sais que c'est pas l'activité la plus palpitante du monde de venir voir ton vieux père te parler de son chat pis de ses mots croisés, mais….

Et il dit ces paroles afin qu'elle comprenne bien.

— ….je serai pas toujours là tu sais…..

Hélène regarda son père longuement, et pour la première fois, elle comprit que son égoïsme l'avait empêché de voir qu'il s'ennuyait encore plus qu'eux tout seul avec lui-même. Il ne demandait pas grand-chose au fond, un petit souper en famille.

Malgré ses pattes d'oies, ses rides souriantes, elle vit dans le regard de son père, une solitude telle, qu'elle ne put le décevoir, ayant très bien compris ce qu'il lui disait.

— Ouais…. je comprends.

Encore gênée, mais décidée, elle dit, en bafouillant.

— T'as raison papa…on..on va y aller. Les dimanches ça a bien de l'allure, t'en penses quoi toi? Demanda-t-elle à sa fille, voulant chasser son malaise.

La petite laissa échapper un *YOUPI* de joie qui ne mentait pas et fit rire Joseph et sa fille. Joseph plongea ses yeux dans ceux de sa fille, et elle put y lire une gratitude toute simple et sincère.

— Merci Hélène. Dit-il.

Il l'embrassa sur la joue avant de se diriger vers sa voiture.

— Je vous attends ce soir, dit-il en quittant.

Leyla et Hélène le saluèrent de la main en quittant elles aussi. Joseph était ému. C'était une journée spéciale. Il regarda au ciel et susurra aux anges.

— Dziękować……

Merci……

Joseph se rendit chez son épicier du coin pour acheter de la viande et des pommes de terre. Tout enthousiaste, tel un enfant, il acheta même un gâteau. Il paya ses achats et rentra chez lui. Là, Grisou l'attendait. Le matou le salua de son ronronnement et se frotta contre sa jambe.

— Salut mon vieux, on a de la visite ce soir!!

Le chat ne répondit que par ses ronronnements. Joseph rangea ses achats dans le vieux frigo blanc et décida de mettre la table. Pas celle de la cuisine, mais celle de la salle à manger! Il voyait ses enfants à son anniversaire, aux fêtes de fin d'années et à Pâques des fois. S'il avait réussi à convaincre une de ses filles de lui rendre visite tous les dimanches, il ne voulait pas que sa famille le regrette. Il y mit le paquet. Il mit une belle nappe de dentelles blanche, des chandeliers en faux-argent, et la porcelaine de sa femme. Il sortit même l'argenterie. Grisou le regardait, toujours aussi curieux, s'affairer mais sans comprendre la raison qui rendait son maître si heureux. Vers seize heures trente, la sonnette retentit. Joseph se précipita, le plus vite qu'il put, à la porte. Marc, Hélène, Luc et Leyla étaient là, et le saluèrent. Ils avaient amené une salade et un dessert aussi. Ils entrèrent dans la maison et investirent les lieux, sous le regard attendri de Joseph. Tout le monde semblait de bonne humeur, sauf Grisou, qui préférait le rythme lent et silencieux de son maître. Tout ce bruit, ces rires et ces discussions étaient beaucoup trop bruyant pour le vieux félin, il monta au premier et n'en redescendit pas de toute la soirée! Ils cuisinèrent ensemble, mangèrent ensemble et discutèrent longuement de tout et rien. On parla de la partie de soccer de Luc, que son équipe avait gagnée, de la promotion de Marc, du nouvel emploi d'Hélène. On n'oublia pas non plus, de parler d'Huguette. On se remémora de bons moments et de moins bons. À travers ces discussions, Leyla apprenait à connaître sa grand-mère qu'elle n'avait jamais connue. Vers neuf heures trente, Marc dit.

— Bon, il est tard, on travaille pis les enfants ont école demain. On va faire un bout hein?

Leyla, qui dormait presque, se leva, toute assoupie pour aller embrasser son grand-père sur la joue.

— Bonne nuit grand-papa, à la semaine prochaine!

Il lui sourit. Luc le salua et alla aider sa sœur s'habiller, le sommeil la rendant un peu mal à droite. Toute la petite famille s'habilla et se prépara à quitter. Sur le pas de la porte, ils saluèrent une dernière fois Joseph, après une belle soirée.

— À la semaine prochaine papa, dit Hélène.

Hélène allait sortir lorsque son père la prit par le bras. Il l'attira un peu vers lui et la regarda, de nouveau saisi par cette émotion forte.

— Merci Hélène, ça me fait vraiment plaisir de vous voir tu sais…. dit-il, ému.

Hélène avait compris quelque chose à laquelle elle n'avait jamais vraiment pensé auparavant. Son père était un être humain, pas seulement son père, et il se sentait seul. Elle pensait qu'en se forçant à le voir, elle pourrait lui faire plaisir, mais ce ne fut pas le cas. Elle se rendit compte, qu'ils avaient tous eu du plaisir durant cette soirée, elle y comprise. Elle tenterait même de convaincre ses sœurs et son frère d'en faire autant.

— Moi aussi papa. Dit-elle, souriante.

Elle quitta sur Joseph qui souriait. Il referma la porte et la verrouilla. Ensuite, il gravit les marches pour se rendre au premier. Il alla dans sa chambre et se déshabilla. Il enfila son vieux pyjama préféré et se prépara à dormir. Ce fut là, que Grisou réapparut.

— Te voilà toi! Dit Joseph, heureux de voir son chat.

Le chat grimpa sur le lit et exigea quelques caresses. Ces étrangers l'avaient dérangé et empêché de jouir de sa maison et de son maître, il lui devait au moins ça. Joseph rit un peu devant l'ardeur du chat.

— Mon pauvre Grisou ,dit-il.

— Habitue-toi mon vieux, parce qu'ils viendront tous les dimanches!!!

Le chat ne comprit pas, il était trop occupé à apprécier les caresses de son maître. Cependant, Joseph eut chaud au cœur à cette pensée, il ne demandait pas grand-chose, seulement un peu de compagnie. Quelques minutes plus tard, Grisou s'allongea pour dormir, chose que Joseph imita. Juste avant de dormir, Joseph regarda le plafond et se dit à lui-même.

— Ah ma vieille, je sais que tu veilles sur moi.

Et il s'endormit…..

Connaissez-vous vraiment les gens qui vous entourent? Pensez-vous que la jeune fille qui écoute son lecteur MP3 à tue-tête, se débat avec une maladie grave? Ou encore que le couple devant vous au cinéma vient de traverser une crise terrible? Que pensez de la serveuse qui vous répond au restaurant? Savez-vous que l'homme qui a l'air déprimé devant vous dans le métro l'est vraiment? Que la femme que vous croisez en promenant votre chien vit un enfer indescriptible? Le pire moment de sa vie? Avez-vous déjà méprisé un itinérant ou même évité son regard? Saviez-vous que le vieil homme qui conduit sa voiture trop lentement selon vous, est bien triste et se sent seul? La vie ressemble à un long fleuve tranquille, tel le titre du film de Chatiliez, les jours passent et se ressemblent, les petits changements étant trop minimes pensons-nous, cependant, il y a des rapides qu'on emprunte parfois qui changent radicalement le cours de notre histoire et ce, pour toujours. Chaque histoire vaut la peine d'être racontée…..

Ce jour-là avait une apparence banale, comme tous les autres. Mais il était spécial pour moi. Mon réveil sonna à six heures du matin, comme tous les jours de semaine. Avec la même léthargie, j'ouvris les yeux péniblement, et sus que je devais me lever. Comme à mon habitude, je ne le voulus pas. Cependant, je fus vite rattrapé par ce stress. La journée serait longue, assurément. Mon horaire était chargé et j'appréhendais cette journée. En fait, la veille, j'eus bien de difficultés à trouver le sommeil. Non pas que je m'endorme facilement. Fréquemment pris par l'insomnie, il est normal pour moi de ne pas trouver le sommeil illico presto, mais cette nuit-là, ce fut pire qu'à l'habitude. Je finis tout de même par sombrer dans un sommeil léger, et me réveilla difficilement. Frustré du fait de devoir aller dormir lorsque je ne m'endors pas et de me lever quand je veux dormir, je me levai. J'allumai machinalement la télé et la syntonisa à un poste de nouvelles continues que j'écoute habituellement d'une oreille inattentive. J'ouvris la porte de mon garde-robe et choisis une chemise pour le travail. Toujours assoupi, je sortis de ma chambre pour aller préparer mon café à percolation. J'allai ensuite dans la salle de bain pour me laver le visage. C'est un petit rituel matinal que j'entretiens depuis mon adolescence. Je n'arrive pas à ne pas le faire. Je ne saurais dire si c'est un TOC, mais si je ne le fais pas, je reste avec ce sentiment étrange d'être sale. Me laver le visage, c'est comme enlever un masque pour débuter la journée, c'est l'initiation de ma journée. Lorsque j'aperçus mon visage, je vis mes yeux bouffis et mes cernes à peine bleutées. La crainte qu'elles deviendraient plus larges et plus creuses avec les années me vint à l'Esprit, mais je n'avais pas le temps, pas maintenant. Je désincrustai toutes les saletés immiscées dans les pores de ma peau acnéique (encore à 25 ans, quelle plaie) et retournai dans la cuisine. Je bus un verre de jus d'orange et mangeai des céréales. Le café couronna le tout. Je pouvais désormais quitter pour me rendre au boulot. L'angoisse de savoir était toujours là, mais je n'avais pas le temps. Mes élèves arriveraient dans une heure trente, je devais être prêt pour eux, mais aussi pour mon patron. Je mis une veste de feutre noire, pris mon sac d'école et quittai mon appartement silencieux. En descendant les marches de mon escalier mitoyen, j'entendis le réveille-matin de ma colocataire sonner.

J'entrepris le cours chemin qui me mène de chez-moi jusqu'au métro à pieds. C'est à peine dix minutes de marche, je vois souvent des gens attendre l'autobus, mais étant assez casanier, je préfère le faire à pieds. Ce matin-là, seul le son des pigeons qui roucoulent m'accompagna. J'arrivai devant la porte du métro et saluai la dame qui y donne des journaux. Nous ne nous connaissons pas, mais comme nous nous voyons tous les matins, la politesse veut que je la salue et la remercie. Je pris son journal et m'engouffrai dans le métro. Je l'attendis à peine trois minutes et y montai. Un siège était libre, je le pris et commençai à lire les nouvelles. Au beau milieu d'un article sur le réchauffement planétaire et l'inaction de notre gouvernement, cette peur, cette angoisse m'empoigna de nouveau. Ce serrement de l'estomac, je le connais trop bien. Adolescent, je le ressentais tous les matins avant de me rendre à l'école, sachant très bien que je devrais affronter les moqueries méchantes de mes pairs. Mais là, ce n'était pas ça, la cause de cette anxiété n'était pas la même….je chassai cette idée de mon esprit et continuai de lire. Après vingt minutes de parcours, ma station arriva finalement. Je descendis du métro et me dirigeai vers l'école où je travaillais. J'arrivai une heure avant le début des classes ce qui me laissait amplement le temps de préparer mes quatre heures de cours. La torpeur du matin était encore forte par contre, je pris un second café que je bus en préparant photocopies et planifiant ma journée.

Ce matin-là, lorsque la cloche sonna, mon estomac se serra un peu plus…. Mes élèves, tous immigrants, arrivaient en me saluant gentiment. Près de la moitié était en retard, comme à l'habitude. Je les rabrouai quelque peu, pour ne pas qu'ils pensent que la ponctualité est un luxe, et entamai ma classe. Vous vous dites peut-être qu'en seulement une heure de préparation, je réussis à planifier quatre heures de cours, n'est-ce pas? Il faut croire que je suis efficace, qui plus est, l'enseignement ne se résume pas à une prévision de ce qui peut être, mais bien à un type de prestation légèrement improvisée et adaptée au moment. Donc, j'avais commencé ma classe déjà, très à l'aise, et nous discutions à propos des différences culturelles entre le Québec et les pays d'origine de mes élèves. Ces jeunes d'ailleurs m'émerveillent parfois, leur candeur sincère, leur besoin immense et incommensurable qu'on s'occupe d'eux, leur peine profonde qui s'entend lorsqu'ils parlent avec nostalgie de leur patrie, tout cela réuni me prend à la gorge. J'entends chanter dans ma langue, de leur accent cassé, toutes les beautés et les horreurs de leur nation, si lointaines, mais en même temps si près….. quiconque méprise un immigrant n'a aucune idée du courage qu'ils ont eu de s'expatrier et des difficultés quotidiennes qu'ils rencontrent ici. Et malgré cela, ils sont reconnaissants d'être ici! Enfin bref, au beau milieu de notre discussion, alors que mon élève chinoise beaucoup trop timide tentait tant bien que mal de dire sa façon de pensée, l'angoisse me serra de nouveau la gorge. Je déglutis difficilement. L'heure approchait, je devais leur dire. Quelques minutes s'écoulèrent encore avant que je n'eus le courage de percer l'abcès.

— Écoutez tous, dis-je….. à la deuxième période…. monsieur Pellerin viendra m'évaluer!

Voilà! J'avais lancé une bombe! Nouvellement engagé par la commission scolaire, la politique de l'institution voulait que je fus évalué au moins une fois dès ma première année…. afin de voir si j'étais un pédagogue digne de ce nom. Étrangement, mes élèves, qui n'avaient aucun rôle à jouer dans cette histoire, sinon d'être là et de faire comme d'habitude, travailler, se mirent à paniquer. Ils avaient peur de lui, il ne les terrorisait pas, mais ils en avaient une crainte profonde. Dire qu'ils avaient tous plus de dix-huit ans…. Il représentait la grande autorité, celle que je brandissais haut et fort pour les faire écouter quand ils se montraient récalcitrants, la dernière étape avant les parents….. Je me retrouvai donc dans la situation forte étrange de devoir les rassurer. L'un voulait changer de place, l'autre voulait partir, c'était le brouhaha dans la classe. Soudain, l'idée me traversa l'esprit que si mon directeur voyait tout ce chaos, il ne songerait pas à me mettre une bonne cote côté gestion de classe. Je haussai le ton de la voix et les sommai de se calmer.

— Franchement, il va pas vous manger! Si quelqu'un doit avoir peur ici c'est moi!

Je leur dis ça sur un ton ferme, mais nullement fâché. Ils se calmèrent. Cependant, j'avais une trouille impossible. Mon cerveau a développé la capacité fantastique de tout dramatiser….. je me qualifie moi-même de….drama king….Imaginez, si l'évaluation se passait mal, il y en aurait une seconde, et si celle-là se passait mal aussi, je serais sur la corde raide et pourrais perdre mon emploi! Et si je perds mon emploi, c'est parce que je suis un incompétent fini! (le syndrome de l'imposteur mixé avec le complexe du bon p'tit garçon, vous connaissez?) Dans ce cas-là, personne de sensé ne voudra m'engager, même pour tourner des boulettes de viande hachée dans un resto-rapide! Là, je vais me retrouver à la rue à quémander quelques trente sous à la sortie des métros et à grignoter des croûtes de pain durement disputées avec les goélands…. et finalement, je vais mourir dans la pauvreté la plus misérable et la solitude la plus totale!!!!!!! Quel pathétisme affligeant! On ne me fera même pas de funérailles! Pas d'homélie, pas d'épitaphe, seulement une tombe sans nom! Même pas, je vais pourrir dans la rue et on retrouvera mon squelette broyé dans une bene à ordures! Grotesque! Absurde!

Lorsque je me fus calmé moi-même, je me résous, je n'avais guère le choix…. tout se précipita lorsque la cloche sonna. Nerveux, pour ne pas dire anxieux, je débutai ma leçon méticuleusement préparée pour mon directeur. Le cœur battant et les mains moites, je voyais la fébrilité dans les yeux de mes élèves ce qui ne me rassurait pas du tout! Tout à coup, un faible bruit de cognement de porte se fit doucement entendre! Le silence se fit immédiatement dans la classe et 25 paires d'yeux inquiets se tournèrent vers la porte! Calmement, feignant le courage, je me rendis à la porte et l'ouvris. Monsieur Pellerin, un petit homme début quarantaine, me sourit et me salua. Je réalisai à ce moment quelque chose à quoi j'aurais dû penser bien avant, il m'aimait bien, pourquoi donc me stresser autant? Oui, mais si…. je fis taire cette voix dans ma tête et invitai mon directeur à entrer tout en lui tendant ma planif. Il la prit et s'assit au fond de classe, se faisant tout petit, le plus discret possible. Je continuai donc ma classe en tentant de l'ignorer le plus possible. C'est le principe! Il doit me voir en action quasi normale! Par contre, le silence artificiel qui régnait dans la classe me rendit aussi nerveux que la présence de mon patron. Mes élèves étaient bavards, beaucoup même, je n'étais pas habitué à ce qu'ils soient si silencieux et peu participatifs. J'essayai de mon mieux de les faire parler, en obligeant certains, et donnai ma classe. Tout allait rondement, mais juste au moment où j'allais me sentir totalement à l'aise, à oublier totalement sa présence et à agir normalement, mes yeux se posaient sur lui, qui m'observait. C'était inévitable, mon cœur faisait trois tours et ma respiration coupait si net, que ma voix devenait inaudible pendant une demi-seconde. Essayant de garder mon sang froid, je prenais une pause et redémarrai la cadence. Quand je lançai l'ordre de se mettre au travail, la partie plus magistrale étant terminée, le stress diminua. En effet, les élèves travaillaient et je passais dans les rangées de pupitres pour les aider. La troisième cloche retentit, signifiant ma délivrance prochaine! Monsieur Pellerin se leva alors et dit, sans sourire:

— On peut se parler maintenant?

Devant cela, tous mes élèves se précipitèrent en trombe à l'extérieur de la classe. À ce moment précis, je fus convaincu d'avoir donné le pire cours de ma carrière, je me voyais déjà dans la rue me battre avec les goélands…..

— Alors, ça s'est très bien passé…. dit-il

Paff! Je ne m'y attendais pas!

— La planif était bien, et ta gestion aussi. Vraiment, pour un prof aussi jeune, je suis impressionné.

Double-paff!!!! Quoi? Est-ce qu'il parle de moi?

— Je te donne un B+, c'est la note la plus élevée que j'ai donnée dans ma carrière de directeur.

Triple-paff et piqué? Comment?

Il me remit une copie de mon évaluation, me sourit et quitta sur un simple Bonne journée! Me laissant seul, abasourdi.

Lorsque mes élèves revinrent, l'air inquiet, je les rassurai. Je ne pus m'empêcher de sourire. Ce fut alors que me revint à l'esprit une peur bien plus ancrée et terrorisante…. au fond, l'évaluation que j'avais subie n'était pas le pire moment de ma journée. La peur m'empoigna sévèrement. Je continuai de sourire à mes élèves et repris mon discours sans ne rien dire. La dissimulation de la peur est un art que l'on apprend très tôt dans la vie….

Juste quand le soulagement d'avoir passé mon évaluation avec succès me remplit, je me trouvai stupide! Tout ce temps-là, je m'inquiétais pour quelque chose d'assez insignifiant finalement. Le temps se mit à passer très vite et 14h30 approchait. La dernière cloche retentit, il était midi trente. Mes élèves me saluèrent, j'en fis de même, et ils quittèrent, me laissant seul avec mes appréhensions. Je terminai mes paperasses administratives et je quittai pour aller dîner. Tenaillé par une peur bien plus profonde, je ne mangeai que quelques bouchés de mon sandwich préféré. J'en laissai près de la moitié, écœuré. La boule dans mon estomac m'empêchait de le terminer. Lentement, je me dirigeai vers le métro. Le soleil était haut, et chauffait encore timidement l'air. Les gens insouciants marchaient autour de moi, n'ayant aucune idée de la terreur qui m'habitait.

Je me retrouvai comme par magie assis dans la salle d'attente d'une clinique médicale. Les secondes avaient filé, s'étaient écoulées si vite, je n'y croyais pas. Pourquoi étais-je ici? À cet instant précis, je songeais à tous les gens en parfaite santé qui vaquaient à leurs occupations, et je les enviai. Quelle chance! Aveuglé par ma peur, je n'arrivais pas à penser que certains n'étaient malheureusement pas dans la même situation.... Quoi qu'il en soit, j'étais assis là, et j'attendais, anxieux, qu'on m'appelle. Je n'ai pas tendance à avoir les mains moites, d'ailleurs, juste l'idée de serrer la main de quelqu'un et de sentir cette humidité, selon moi malsaine, me dégoûte. Néanmoins, à ce moment-là, mes mains l'étaient. J'essayai tant bien que mal de les essuyer sur mes pantalons, la sensation de ma propre sueur refroidie me rebutant, mais en vain. Soudainement, après trente-cinq minutes interminables d'attente, une dame arriva dans le hall peint en rouge du cabinet (quelle horrible couleur pour une clinique médicale, pensais-je). La femme d'une cinquantaine d'années, aux cheveux courts et argentés, lunettes fauves pour couronner le tout, nomma cinq noms différents, dont le mien, et nous invita à la suivre. Nous nous levâmes et la suivîmes. Dans l'étroit corridor, elle nous invita à se rasseoir, nous expliquant qu'elle nous appellerait un par un. Je savais que mes tests étaient déjà passés, elle m'appellerait sans doute le premier ou en second. Les autres venaient afin de passer les tests..... Quelques semaines auparavant, je m'y étais rendu pour y subir des prises de sang. Je dis bien subir, les aiguilles me dégoûtent.... elles aussi! Comme prévu, elle me nomma le premier, je me relevai tout de suite et la suivie dans le bureau. Nous nous assîmes et là, tout d'un coup, le temps sembla ralentir. Tous ces gestes me parurent être si lents, tels que dans les films Matrix avec les scènes de courses abracadabrantes où les personnages semblent presque arrêter de bouger mais où le temps lui, passe normalement. Elle me dit quelque chose que je n'entendis pas, étant totalement concentré sur les résultats. Lorsqu'elle ouvrit le dossier, mon cœur se mit à battre si fort que j'eus l'impression qu'on me frappait les tympans avec des cymbales! Son expression faciale était impassible, elle prit son temps pour lire ce qui empira ma situation. Je tenais à peine en place, prêt à me lever et lui crier :

— MAIS DIS-LE BORDEL DE MERDE! ALLEZ! DIS-LE-MOI!!!!!!!!!!!!!!!!

Du bout des lèvres, elle lut :

— Alors, le VIH……

Et là elle crut bon de faire une pause pour économiser sa salive! J'étais prêt à me lever et la gifler!

— ….c'est négatif….

Oh mon Dieu! Ce fut de loin l'un des meilleurs moments de ma vie! 97% de mon stress s'était évaporé, évanoui dans l'existence! Tout le reste, qu'elle continuait de dire, négatif encore, auraient été bien malaisé certes, un souci de santé, par contre, nullement un presque arrêt de mort! Après avoir refermé le dossier, elle me jeta un regard aussi froid, mais sourit. Ébahi, je dis.

— C'est tout?

Elle hocha de la tête en acquiesçant. On ne me le dirait pas deux fois! Je la remerciai et quittai à la hâte! En descendant la rue vers le métro, je flottais sur un nuage. Après tant de stress, mon cerveau m'envoya une dose salutaire de dopamine qui me rendit presque stone. Tout était si parfait dans le meilleur des mondes! Je pus enfin apprécier le succès de mon évaluation et le réconfort total de ne pas être malade! Tout changea de perspective soudainement. Le monde, quelques minutes auparavant, si gris, morne et incertain, m'apparut dès lors, beau, ensoleillé et empli d'espoir…..

Je pris le métro, lecteur MP3 sur les oreilles, et m'endormis presque, assis sur mon banc. Les stations défilèrent, les unes après les autres, et moi, j'avais un petit sourire béat, un peu stupide. Je me délectais du dénouement de cette journée. Ma station finit par arriver, je me levai et sortis. Habitué à marcher rapidement puisque j'arpente les rues de la métropole à tous les jours, je gravis les marches rapidement me menant à l'extérieur et me dirigeai vers mon petit chez moi tout chaud et confortable. Alors que j'allais tourner le coin de ma rue, j'arrivai en face de mon ancienne petite buanderie. Devant, il y avait une vieille caravan brune, rouillée dans les coins, d'où un homme et une femme sortaient des sacs d'épicerie bien remplis. En me rapprochant, je me rendis compte que c'était madame Anne et son mari, les propriétaires de la buanderie. Je fus content de voir madame Anne et la saluai gentiment, elle en fit de même, elle aussi contente, je pense, de me voir. Si j'ai dit plus haut mon ancienne buanderie, c'est simplement parce que j'y allais tous les dimanches depuis bientôt sept ans. Lorsque je suis arrivé à Montréal pour commencer mes études universitaires, ma première colocataire m'indiqua cette buanderie et j'y allais régulièrement jusqu'à tout récemment. Madame Anne, une vieille vietnamienne, toute menue, tenait l'endroit. Elle fut la première personne que j'y connus. De son français très approximatif, elle m'accueillait joyeusement tous les dimanches et me narrait ces histoires. Pas toujours intéressantes, mais bon, il fait toujours bon de voir un visage ami qui nous aime bien. Je me dois de faire une pause pour vous la présenter. Habillée dans les vêtements d'un petit garçon de douze ans, la femme de peut-être cinquante ans, mais de l'allure de 70, mesurait à peine plus d'une mètre trente. Ses longs cheveux secs et grisonnants étaient toujours coiffés d'un bonnet sordide. Ses lunettes beaucoup trop grosses pour sa tête, recouvrait presque entièrement son petit visage craquelé par l'exode d'un pays ravagé par la guerre et d'une vie difficile à bosser durement pour élever ses deux fils, un peu ingrats. Ayant appris le français dans la rue, ses premiers mots étaient souvent des sacres mal placés. Son accent, quoi qu'assez bon, ne cachait en aucun cas les fautes de syntaxe et de lexique appris sur le tas. Même si elle m'aimait bien, elle oubliait cependant qu'elle me racontait souvent les mêmes histoires et les mêmes blagues. Sa préférée, celle dont j'étais le plus las mais qui lui faisait si plaisir consistait en une réplique que je trouvais insupportable depuis le temps. J'arrivais toujours en fin d'après-midi, un panier de linge sale dans les bras. Je le déposais et après l'avoir saluée, lui demandais de la monnaie pour ses machines. Et là, immanquablement, je savais qu'elle allait le dire! À coup sûr, elle le dirait sur le même petit ton narquois croyant que je la trouvais drôle après me l'avoir faite 300 fois si ce n'est plus! Elle me disait, l'œil allumé.

— 50 piasses? Et me tendait la main.

Il était implicite que j'aurais dû lui donner les cinquante dollars! Et là, elle se mettait à rire. Moi, je souriais, détestant un peu plus chaque fois sa blague, mais ne voulant pas la froisser. Par contre, il est faux de croire que je la méprisais. Malgré ses histoires quelques fois ennuyeuses et ses petites blagues salaces, je l'appréciais beaucoup. Cette rencontre fortuite était l'occasion de m'informer. En effet, depuis juin, madame Anne avait fermé. Personne ne savait pourquoi, mais là, j'avais la chance de l'attraper et de lui demander, j'allais le faire. Je luis dis sur un ton curieux.

— Hey madame Anne, qu'est-ce qui se passe avec vous?

Sur le même ton qu'à l'habitude, elle me dit :

— Hey salut François…..

Je continuai.

— Vous avez fermé? Qu'est-ce qui se passe? Demandai-je, spontanément.

Ce fut alors que je vis son visage changer radicalement d'expression. Il se crispa en une moue inquiète. La terreur qui se lisait dans son regard me fit craindre le pire.

— C'est très mal là….. je suis malade…. c'est le cancer. Dit-elle, en se forçant pour sourire.

J'eus l'impression de recevoir un coup de masse en plein front. Je ne dis rien pendant seulement cinq secondes, mais c'était suffisamment long pour moi. Je ne trouvai rien de mieux à dire que ce qui suit.

— Oh non. Pauvre vous! Dis-je, sur un ton désolé.

La voyant là, toute petite et frêle, maigrichonne, je me souvins de ma grand-mère et de son agonie. Le lien se fit tout seul. Une idée très sombre me vint à l'Esprit mais je ne pus l'effacer : le cancer n'en ferait qu'une bouchée, la maladie la rongerait jusqu'à ce qu'il ne reste qu'un squelette et quelques os rabougris….. La femme crut bon cependant de rajouter.

— Je sais pas quand je vais ouvrir encore François, bientôt j'espère. Dit-elle, se sentant mal, je crois, d'avoir fermé sa buanderie pour prendre soin d'elle.

Devant sa repentance superflue, il fallait lui dire….

— Mais non voyons, inquiétez vous pas pour ça, prenez soin de vous! C'est tout ce qui compte !

Son mari avait arrêté de sortir les sacs à ce moment et se tenait à ses côtés. La désolation dans son regard me creva le cœur.

— Bon courage! Dis-je, avant de les saluer.

Elle me fit un petit sourire. Je quittai là-dessus. En m'en allant, sous le choc, mes sentiments étaient mitigés. Je ne savais que penser de cette nouvelle. Je me rendis compte alors que c'était la première fois de ma vie que quelqu'un m'annonçait en personne, qu'il souffrait d'un cancer. Arrivé chez moi, je me couchai pour faire une sieste. Je ne dormis qu'une heure. À mon réveil, j'avais encore ses yeux terrifiés dans mon esprit et étrangement, je ne pensais à rien d'autre. Il me sembla que mes problèmes étaient d'une insignifiance crasse. Je n'avais pas à livrer une bataille pour ma vie moi.

Après souper, je m'assis devant la télé pour regarder des téléromans insipides, mais distrayants. Cependant, la nouvelle de madame Anne m'avait réellement ébranlé. Une tristesse, une peur, je ne sais c'était quoi, mais je la sentais là, assise à côté de moi. Lorsque ma colocataire revint de l'université, elle me salua. Je lui rendis son salut sans rien ajouter. Elle vint me voit pour me parler de sa journée et la mienne, petite habitude que nous avons.

— Pis ton évaluation? Demanda-t-elle, sachant bien tout le stress que je m'étais mis sur les épaules.

— Ça s'est super bien passé, j'ai eu une très bonne note. Je suis satisfait.

Se voulant philosophe, elle me dit pour m'encourager.

— Tu vois que tu t'en faisais pour rien! Je le savais que ça se passerait bien. Tout le monde le savait, sauf toi il faut croire.

Ma réaction ne fut pas très forte. Je souris à peine, le comprenant. Rapidement, je décidai de lui annoncer à propos de la nouvelle de madame Anne puisqu'elle la connaît elle aussi.

— J'ai vu madame Anne en revenant du travail. On s'est parlé un peu, elle m'a dit pourquoi elle avait fermé.

Ma coloc fronça les sourcils en signe de curiosité.

— Elle a le cancer. Dis-je, calmement.

Sa réaction fut similaire à la mienne, mais plus optimiste. Ce fut alors qu'elle me demanda.

— Cancer de quoi?

Je me rendis compte qu'elle ne me l'avait pas dit et qu'au fond ça m'était égal. Ça ne comptait pas. Nous discutâmes un peu et ma colocataire finit par me quitter pour vaquer à ses occupations me laissant seul avec mes pensées. Toute la soirée, je fus assailli par le visage de madame Anne m'annonçant sa triste nouvelle. Lorsque j'allai dormir, en bon insomniaque que je suis, je songeai à cela. L'idée d'être démuni est forte dans ces situations. Je compris aussi que ce n'était sûrement pas la dernière fois que quelqu'un m'annonçait qu'il était gravement malade. Je compris aussi que je m'inquiétais beaucoup trop pour rien dans la vie, à quel point je me mettais de la pression sur les épaules pour des peccadilles. Ce fut alors que je ressentis le besoin de faire quelque chose. L'absolue nécessité d'aider m'emplit, mais comment le pouvais-je? L'idée arriva assez vite, je pouvais partager cette journée avec d'autres gens. Je décidai d'écrire un livre et de le dédier à madame Anne, à l'espoir, à tous les gens qui sont heureux et ceux qui sont tristes. La vie n'a pas fini de nous étonner. Elle nous réserve moult surprises et chutes inattendues, certains bonnes, d'autres moins…. À minuit, je ne dormais pas encore…..

FIN

Table des matières

www.ingramcontent.com/pod-product-compliance
Lightning Source LLC
Chambersburg PA
CBHW060948050726
47592CB00003B/1157